KB152445

열다섯,
문을 여는
시간

열다섯, 문을 여는 시간

노경실 지음

팀

넌 정말 용감한 녀석이야

*

차례

*

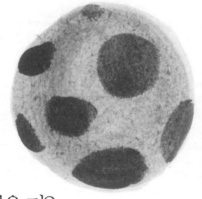

1

되고 싶은 거?
없어!

"우리도 해적이나 될까?"

지혁이 말에 두 친구는 웃음을 터뜨렸다.

"스맨지혁이 이번엔 해적?"

태수가 콜라병 주둥이를 입에 대며 물었다. 마지막 한 방울까지 마시려는 듯 콜라병을 거꾸로 세우고 흔들었다.

"스맨지혁, 내 얘기 잘 들어 봐. 해적보다는 산적 되는 게 더 빠르지 않을까? 우리 학교 뒷산에서 말이야!"

태수가 빈 콜라병을 칼처럼 휘두르며 아쉬운 듯 입맛을 다셨다.

"멜코태수, 그냥 장난으로 하는 얘기 아니야. 요즘 소말리아 해적 기사 볼 때마다 그런 생각이 들거든. 소말리아에서는 해적이 되려면 엘리트 청년 축에 들어야 한대. 신무기를 다룰 줄 알아야 하거든. 또, 외국 배를 습격해야 하니까 외국어도 몇 개 정도 해야 하고, 컴퓨터도 다룰 줄 알아야 하니까 정말 상위 몇 퍼센트 안에 드는 엘리트 청년들이지."

지혁이는 일부러 고개를 흔들며 놀라는 시늉을 했다.

"그 정도로 엘리트 대접받는다면 우리한테 해적 놀이는 식은 죽 먹기 아니야? 나는 컴퓨터 박사고, 지혁이는 못하는 운동 없고, 현호는 우리 학교 영어왕에다가 독어랑 불어도 조금 할 줄 알잖아. 그러니까 우리 셋이면 못할 게 없다니까! 우리는 전 세계 해적왕도 될 수 있을걸! 해적왕!"

태수는 두 팔을 활짝 벌리며 소리쳤다.

순간, 현호는 깜짝 놀랐다. 언제부터인가 말수가 줄고, 잘 웃지도 않는 태수이기 때문이다.

'기분 좋은 일이 생긴 건가?'

현호는 태수에게 묻고 싶었다. 그러나 다시 태수의 표정은 어두워졌다.

"해적이든 산적이든 아주 신선한 발언이야! 괜찮아!"

소파에 누워서 두 친구의 모습을 드라마처럼 보고 있던 현호가 손뼉을 서너 번 치며 경쾌한 목소리로 말했다.

"지니현호, 괜찮지? 내 생각 괜찮지?"

지혁이는 웃음 가득한 얼굴로 현호를 쳐다보았다. 현호는 선생님처럼 고개를 끄덕였다.

세 친구는 자기들끼리만 있을 때에는 서로의 이름을 세 례 명 붙여 부르듯 한다. 만능 운동가인 지혁은 스포츠맨을 줄 여서 스맨지혁. 컴퓨터 게임왕인 태수는 잘 웃지 않는 우울 한 성격이라고 멜랑콜리에서 따온 멜코태수. 조용한 성격에 외국어를 좋아하며 뭐든 어느 정도 잘하는 현호는 지니어스 를 줄여 지니현호.

"좋아! 그럼 해적 되면 제일 먼저 뭘 하고 싶은데?"

태수가 콜라병을 마룻바닥에 내려놓고는 소파 밑에 벌렁 누우 며 물었다. 그리고 마시멜로처럼 폭신한 분홍 쿠션을 머리에 베었다.

"글쎄, 그건 아직 생각 안 해 봤는데…… 뭐부터 하지?"

지혁이는 머리를 긁적였다.

"내 그럴 줄 알았다! 사람이 목적이 뚜렷해야지 해적질이 든 산적질이든 잘하는 거야! 나는 다 필요 없다."

태수 목소리는 냉소적이었다.

"그럼 너는 뭐가 하고 싶은데? 아니, 뭐가 되고 싶은데?"

지혁이가 눈꼬리를 올리며 물었다.

"나? 되고 싶은 거? 없어! 하고 싶은 거? 없어! 도대체 뭐 대단한 인생이라고 되고 싶고 하고 싶다는 게 있다는 거야?"

태수의 비아냥거리는 말투였다.

"뭐? 내 인생이 어때서?"

지혁이가 고개를 앞으로 불쑥 내밀며 태수의 말을 되받아 쳤다.

현호는 긴장했다. 자칫 두 친구가 싸움을 할까 얼른 나섰다.

"나는 이 쿠션처럼 폭신폭신하고 착하고 부드러운 여친이나 생겼으면 소원이 없겠다!"

현호는 머리 밑에서 파란 쿠션을 꺼내더니 인형처럼 품에 안고 얼굴을 파묻으며 말했다.

"역시 너희랑 나는 차원이 달라! 나는 바다를 누빌 거대한 야망으로 가슴이 고등어처럼 파닥파닥 뛰고 있는데, 넌 겨우 여친이나 생각하냐?"

지혁이는 반격할 기회를 잡았다는 듯 의기양양한 목소리를 냈다.

"쳇! 바다를 누비면 뭘 해? 자기가 뭣 하러 바다를 누비는지도 모르면서. 도대체 왜 바다를 누비려고 하는데? 우리 동네 골목도 못 누비고 다니면서. 그게 야망이냐? 표류하는 거지, 표류! 더 쉽게 말하면 개고생! 왈왈왈왈!"

태수는 개 짖는 시늉을 하더니, 지혁이를 노려보았다.

"태수, 태수, 김태수! 울보야! 너, 개가 짖는 줄만 알아? 물기도 한다는 걸 까먹었어? 확 물어 버린다. 여자 때문에 울고불고할 때는 언제구!"

"울보? 그럼 너는 완전 좀팽이, 재수댕이, 개미 궁둥이, 문어 발톱이다! 무지막지하게 몸만 쓸 줄 알지 머리는 쓸 줄 모르는 아니, 쓰는 게 뭔지도 모르는 녀석이! 그리고 내가 언제 여자 때문에 울고불고했다는 거야?"

태수는 벌떡 일어나 앉으며 소리쳤다. 가슴속에 뭉그러뜨려 두었던 분노를 쏟아 놓는 듯 커진 두 눈엔 눈물이 그렁 괴었다.

태수의 반격을 받은 지혁이 순간 움찔하더니 다시 목소리를 높였다.

"네가 여자 때문에 바지에다 오줌 싸면서 울었잖아. 그래서 위에서 아래에서 한꺼번에 물 흘린다고 애들이 놀렸잖아? 그걸 내 입으로 적나라하게 말하랴?"

"뭐라고? 내 인생에 그런 굴욕 순간은 없었거든!"

"있었거든!"

지혁이는 물러서지 않았다.

"없었거든!"

태수는 쿠션을 던지려는 자세를 취했다.

"아서라…… 유치하고, 지질하고, 완전 재수댕이지만 내가 다 얘기해 줄게. 우리가 하버드 유치원 다닐 때에 잎새반 강미미 생각나?"

지혁이는 능글맞은 웃음을 지으며 태수의 얼굴을 살폈다. 순간, 현호는 홉! 하며 웃음을 터뜨렸다. 현호 머릿속에 또렷이 그려지는 얼굴, 강미미.

미미는 지금 캐나다에 유학 가 있다. 하버드 유치원 시절, 태수는 간식 시간마다 미미 옆에 서서 하인처럼 이것저것 챙겨 주었다. 물 떠오라면 물 떠다 주고, 귤껍질을 벗기라면 하얀 속껍질 하나 없이 주황색 유리 공이 되도록 귤껍질을 제거했다. 거의 예술 작업 수준이었다. 심지어는 휴지로 입가를 닦아 주고, 바닥에 떨어뜨린 과자 부스러기를 한 조각도 남기지 않고 모두 주워 종이봉투에 담았다. 어떤 때는 봉투에 '미미의 미미'라고 써 놓고 늘 유치원 가방에 넣고 다니며 그 냄새를 맡았다. 그런데 어느 날, 미미가 태수에게 청천벽력 같은 명령을 내렸다.

"김태수! 이제는 너 필요 없어! 오늘부터는 준석이가 할 거야!"

한마디로 태수는 강퇴를 당한 것이다. 준석이는 미국에서 태어난 아이라 영어를 우리말보다 더 잘했다. 미미는 아주 서툴지만 준석이랑 영어로 말하는 게 즐거워서 태수를 무참히 버린 것이다. 그날, 태수는 온종일 울었다. 사실인지 아닌지는 모르지만 현호는 자기네 집 거실에서 엄마들이 하던 이야기를 지금도 잊지 않고 있다.

- 우리 태수를 어쩌면 좋아요? 글쎄, 태수가 몇 날 며칠을 울어요. 내가 보기엔 꿈속에서도 우는 것 같아요.

- 세상에! 아니 요즘은 유치원 애들도 사랑병을 그렇게 리얼하게 앓는대요?

- 요즘만 그런가요? 옛날도 만만찮았잖아요. 이 도령이랑 성춘향이 열여섯인데, 호호호, 난 춘향전 원본은 절대 애들한테 읽으라고 말 못해요. 대학생 정도나 되면 몰라도…….

- 맞아요! 로미오와 줄리엣도 그렇잖아요.

- 저러다가 우리 태수 잘못되면 어떡하죠?

- 아직은 유치원 애들이잖아요. 사랑 때문에 극단적으로 일 벌일 나이는 아니에요.

- 대신 다른 재미있는 일에 마음을 쏟게 해 주세요.

- 그나저나 부럽네요. 그렇게 뜨거워질 수 있는 심장이!

- 그래요! 내 심장은 그 누가 와도 피식, 하고 불티조차 안

생길 거예요. 심장이 돌덩이, 완전 차돌바위처럼 됐어요.

 - 그러니까 애든 어른이든 사랑 때문에 울고불고 아파하고 고민하고 그러면 어느 정도는 축하해 줘야 해요.

 - 맞아요, 맞아. 그건 심장이 펄펄 뜨겁게 살아 있다는 말이니까요! 그렇다면 지혁이 아빠 심장은 어떨까요?

 - 우리 남편 심장 상태도 궁금하네요.

엄마들은 걱정으로 시작한 이야기를 커다란 웃음으로 종결지었다.

어쨌거나 태수는 그때부터 컴퓨터 게임에 빠진 것이다. 무슨 일이든 자기 마음 쏟을 곳이 있으면 그것에만 집중하는 태수.

현호는 어른처럼 지긋한 눈길로 태수를 바라보며 생각했다.

'그때, 태수 엄마가 미미한테 태수를 다시 시종으로 받아 달라고 사정도 하고, 미미 엄마한테 부탁도 했지만 미미는 냉정히 거절했다고 했어. 그래서 큰 충격을 받은 태수가 원래는 영재 수준의 아이큐였는데, 30정도는 떨어진 것 같다고 했지. 어쨌든 그때, 미미가 왜 태수를 강퇴시켰는지 그 이유를 아는 사람은 아무도 없어. 단지 준석이가 영어를 잘해서라는 건 설득력이 부족해. 태수 자신도 아직까지 미스터리라고 가끔 말한 적이 있지. 얼굴은 태수가 더 잘생겼는데.'

현호는 다시 한 번 태수의 표정을 살폈다. 의외로 조용해진 태수.

하버드 유치원 다닐 때에 잎새반, 강미미. 너무도 정확한 지적에 태수는 지혁이에게 더 화내지는 못했다.

"에이 씨, 뭐 약 같은 거 없나? 기억을 확 사라지게 하는 약! 그건 다 철부지 장난 같은 일이었어!"

태수는 심하다 할 정도로 머리를 세게 긁적였다.

"그래도 사실은 사실이잖아. 그러니까 나한테 뭐라고 하지 마!"

"알았어! 그 대신 앞으로 또 그 얘기 꺼내면 넌 죽음이야, 죽음!"

"이거 완전히 임금님 귀는 당나귀네. 히히, 태수 너 때문에라도 해적이나 돼야겠다. 그래야 바다 한가운데서 마음 놓고 미미랑 네 얘기를 하지! 그렇지, 지니현호?"

지혁이는 현호에게 한쪽 눈을 찡긋해 보였다. 현호가 뭐라 말하려는데 지혁의 말이 금방 이어졌다.

"그런데, 멜코태수. 너 요새 얼굴이 왜 그래? 다이어트 하는 거야, 아니면 밤마다 야동 보느라 그런 거야? 점점 우리 외할머니가 잘 만드는 무말랭이처럼 하얗게 쪼그라드는 것 같아. 날 좀 본받아. 나 봐. 얼마나 탄탄하냐? 남자인 네가 봐도 탐나는 몸 아냐?"

지혁이는 알통을 자랑하듯 두 팔을 들어 올려 불쑥불쑥 움직였다.

"정말! 나도 좀 이상하다 했어. 요즘 아예 밤새우는 거야?"

현호가 태수의 얼굴을 걱정스레 살피며 물었다.

"아니고!"

태수가 싱긋 웃으며 대답했다. 그러자 지혁이가 짓궂은 표정을 지으며 냉큼 말했다.

"밤마다 그렇게 볼 게 많아? 세상 야동은 다 접수한 거야?"

"아니고!"

"밤마다 알바 해?"

"아니고!"

"그럼, 혹시…… 밤마다 격렬한 엠비(masturbation)?"

"아니고!"

"그럼 밤마다……"

"스톱!"

현호가 두 친구의 말을 끊었다.

"박 마담 올 시간이다!"

현호는 휴대폰을 보며 제 방으로 들어갔다. 두 친구도 후다닥 현호를 따라 들어갔다.

박 마담은 세 친구의 수학 과외 선생, 박선자 씨다. 마담이라고 부르는 것은 결혼하여 아이가 둘 있어서이다. 박 마담은 다른 과외 선생처럼 명문대 출신에다가 작년까지 다른 학교의 교사였다. 둘째 아이를 낳고 몸이 안 좋아져서 학교를아예 그만두고 지금은 – 엄마 표현대로 하면 – 속 편하게 과외 수업만 하고 있다.

세 친구는 엄마들끼리 친해서 수학 반을 짠 것이다. 영어는 서로 수준 차이가 너무 난다고 각자 다른 방법으로 과외를 하고 있다. 수학 과외는 세 친구 집을 돌아가면서 한다. 오늘은 현호네 집 차례이다.

박 마담은 태수 엄마의 고등학교 후배라 아주 친해서 세 친구의 일거수일투족을 이모나 고모처럼 엄마들에게 다 알려 준다. 세 친구는 그것을 고자질, 또는 일러바치기라고 표현한다. 처음엔 박 마담의 정체를 몰랐다. 그래서 여느 과외 선생님처럼 여기며 하고 싶은 말, 하고 싶은 행동을 마음대로 했다. 때로는 박 마담에게 거짓말을 해서 과외를 빠지고, 공부 시간을 반으로 줄이기도 했다. 그런데 어느 날부터인가 엄마들의 공격이 시작되었다.

– 너, 왜 선생님한테 거짓말했어? 아토피가 있어서 의자에 30분 이상 앉아 있으면 안 된다고 했다며? 네가 무슨 아토피

야? 철수세미로 박박 문질러도 피 한 방울 안 나오게 생긴 닭살이! 그렇게 공부하기가 지겹냐, 지겨워? 맞아 볼래? 또 거짓말할 거야? 아무리 박 선생이 내 학교 후배라지만 그게 얼마짜리 과왼데 놀 생각을 해!

- 너, 외할아버지 병문안 다녀오느라 30분이나 늦었다고 했다며? 아니, 그럼 네가 천국에 갔다 온 거야? 20년 전에 돌아가신 외할아버지를 네가 어떻게 만나? 사오십 대 아저씨들이나 써먹는 거짓말을 벌써 써먹어? 도대체 그날 그 시간에 어디서 뭘 했던 거야? 바른 대로 말 안 해? 그렇게 공부하기 싫으면 너도 외할아버지 계신 곳으로 보내 줄까, 엉?

- 이리 와 봐! 네가 자원봉사 하러 가기 때문에 한 달에 한 번은 과외 못한다고 그랬다며? 오, 그래? 장하구나, 우리 아들! 그래 말해 봐. 엄마 아빠 모르게 어디서 선행을 한다는 거야? 우리도 도울게. 말해 봐! 거짓말하는 데 좋은 일을 이용해? 네가 우리 얼굴에 먹칠을 하는구나, 먹칠을! 너, 몰랐지? 박 선생이 태수 엄마 고등학교 후배라서 니들 공부하다가 방귀 뀌고 하품하는 것까지 다 보고한단 말이야!

이렇게 세 친구는 엄마한테 한 번씩 호되게 야단을 맞은 뒤에야 수학 과외를 착실하게 이어 갔다. 오늘도 책상 앞에 앉은 세 친구는 농담으로 수업을 시작했다.

"박 샘, 혹시 스파이 알바까지 겸하는 거 아니에요? 그래서 페이가 다른 과외 샘보다 두 배 정도 많은 거 아닌가요?"

세 친구가 몇 번이나 던지고 싶던 질문을 지혁이가 시원하게 했다.

"그게 뭔 소리야?"

박 선생은 커피를 마시며 물었다.

"혹시 가방 안에 몰카나 녹음기 있어요?"

지혁이는 엉덩이를 들며 박 선생의 가방을 눈짓으로 가리켰다.

"스파이? 간첩? 내가 스파이면 신고해서 보상금 받으려고? 요즘 보상금이 억대 단위인가? 그럼 니들 한동안 돈 걱정 안 하고 살겠네?"

박 선생은 커피 잔을 내려놓고는 일어나서 책으로 세 아이의 등을 한 대씩 때렸다.

"지금 니들 나이에 로마 시대 청년들은 어땠는지 알아? 그들은 인생의 고상한 가치를 알지 못하면 미개 민족이라고 여겨서 시, 문학, 연극, 그리스 어, 라틴 어, 수사학, 웅변술 그리고 철학, 법률, 신학, 역사, 지리, 또, 수학, 기하학, 천문학, 음악 등 정말 세상 모든 지식을 다 배웠어! 그리고……."

"그거 다 배워서 뭐 해요? 스마트폰이나 태블릿 피시 한

대면 다 아는데요? 뭐 하러 무겁게 머릿속에 담고 다녀요? 그나마 어렵게 담아 놓은 지식도 저희끼리 뒤엉켜서 한 번씩 써먹으려고 할 때마다 얼마나 고생하는데요!"

지혁이가 자기 스마트폰을 흔들어 보이며 말했다.

"맞아요. 어쩌면 학교도 학원도 지구상에서 싹 사라질지 모른다고요. 그럼 아마 선생님이란 직업도 박물관에서나 찾아볼 수 있을 걸요. 스마트폰이 세상 모든 지식과 정보를 담고 있는 공짜 선생이잖아요?"

태수는 지혁이에게 눈을 찡긋해 보였다. 조금 전까지 서로를 원수 대하듯 하던 두 친구는 마주보며 고릴라처럼 주먹으로 제 가슴을 가볍게 두드리며 우정을 과시했다.

"그럼요. 그 시대에는 정보의 계급화 현상이 당연했겠지만, 이제는 정보 공유의 만인 평등 사회라고요!"

현호까지 끼어들자, 박 선생이 한숨을 푹 쉬었다. 그러나 곧 콧방귀를 뀌었다.

"그건 그때 가서 고민할 일이고, 지금은 지금 식으로 고민해야지. 나우! 지금! 이 순간은 엄연히 자기 머리와 엉덩이 힘으로 공부하는 거야. 로마 시대 청년들이 칼을 들고 싸웠다면, 너희는 책상 앞에서 책을 들고 싸우는 거지. 칼로 승자와 패자를 단번에 가르던 예전과는 달라. 이젠 시험과 경쟁

속에서 보이지 않는 숱한 적과 부딪혀야 하니까, 더 복잡한 싸움이 된 거지. 자, 지금부터 전쟁 시작이다. 책 펴! 칼을 들란 말이야!"

박 선생은 방 안이 쩌렁쩌렁 울릴 정도로 소리를 쳤다.

"네에⋯⋯."

세 친구의 기죽은 목소리는 겨우 방바닥을 맴돌았다. 오늘도 세 친구는 대패한 것이다.

'분명 저런 게 아줌마의 힘일 거야.'

'그럼! 예쁜 대학생 누나라면 우리한테 만날 당해서 울 텐데⋯⋯ 아쉽다, 아쉬워⋯⋯.'

'그걸 노리고 엄마들이 아줌마 샘을 선택한 거지! 역시 엄마들은 인생 고수야!'

세 친구는 눈빛으로 이야기를 주고받았다.

이렇게 세 친구는 하루하루를 학교에서 학원으로 학원에서 집으로 다시 학교로 학원으로, 일주일을 한 달을 착실하게 채워 갔다. 세 친구의 우정도 눈이 오나 봄이 지나거나 바람이 세차거나 목련 꽃송이가 지저분하게 떨어지거나 라일락 향기가 베란다까지 몽실몽실 올라오거나 변함없이 착실하게 이어져 갔다.

2

디스 타임
넥스트 이어
at this time next year

"결국 터지고 말았네……."

담임은 점퍼를 벗으며 혼잣말을 했다. 순간, 시끄럽던 교실이 앞자리부터 차례대로 조용해졌다. 마치 썰물 흐름 같았다. 다른 때라면 '선생님, 뭐예요?', '샘, 사모님이랑 싸웠어요?'라며 장난기 그득한 되물음을 하는데, 오늘은 아이들이 입을 열지 않았다.

"너희는 아직 모르나 본데 왕따 문제로 2학년 7반 학생이 자살을 기도했다. 다행히 생명엔 지장이 없다는데…… 내참, 도대체 너희 왜 그러는 거냐?"

담임은 벗어 든 점퍼를 자기 의자 위로 던지며 화를 냈다.

"좀 물어보자. 아주 단순무식하게 물어볼 테니까, 대답 좀 해 봐라."

아이들은 큰 죄를 지은 사람들마냥 담임과 눈을 마주치지 않으려고 아예 고개를 숙였다.

"사람 위에 사람 없고 사람 밑에 사람 없다는데, 너희는 왜 그렇게 친구를 무시하고 괴롭히는 거냐? 왜? 왜?"

평소에 '나는 70퍼센트 이상의 태양인 기질을 타고난 사람이니까 조심해라!' 라고 아이들한테 협박 같은 경고를 하는 담임인지라 아이들은 '또 시작이구나.' 라며 아무 대꾸도 하지 않았다.

"너희 서로 사랑하고 살면 안 되냐?"

"사랑이요? 우리보고 동성애자 되라고요?"

누군가의 조그만 목소리에 여기저기서 웃음소리가 신음처럼 흘러나왔다.

"뭐?"

담임은 순간 두 눈에서 화를 뿜어냈지만, 곧 불을 껐다.

"좋아, 좋아. 동성애든 뭐든 제발 서로 좀 사랑해라. 내가 또 이런 말했다고 인터넷에다가 학교 선생이 순진한 학생한테 동성애 조장하는 발언했다고 올리지 마라. 죽겠다, 죽겠어. 말 한 마디 편하게 할 수 없으니. 집에 가면 와이프랑 애들이 감시하지, 학교 오면 니들이랑 학부모가 감시하지……도대체 무슨 말만 하면 인터넷에 올린다고 겁을 주니, 나 원

참! 이건 도대체 무슨 언론 탄압인지……."

"선생님, 그럼 왕따 시킨 애들은 어떻게 돼요?"

"경찰서 가나요?"

"쇠고랑 차나요?"

아이들은 다시 키득거리며 목소리를 높였다.

"지금 농담이 나오냐? 같은 학교 같은 학년 친구가 죽을 뻔했는데! 그것도 스스로! 만약 우리 반에서 왕따 같은 사건이 나오면 난 가만 안 있는다. 경찰이 오기 전에 내가 먼저 응징한다!"

"어떻게요?"

"뭘로요?"

"그럼 선생님도 잡혀 가요!"

아이들은 아예 박수를 치며 웃어 댔다.

"아휴, 때릴 수도 없고……."

담임은 창문 밖을 내다보며 긴 한숨을 내쉬었다.

"선생님, 그러니까 우리 학교도 남녀 공학으로 만들어요. 이게 다 불균형한 성 구조로 이루어진 시스템 때문에 그런 거라구요. 집에서는 엄마 아빠, 누나 남동생, 오빠 여동생, 이렇게 남녀공가로, 여기서 '공가'는 공학처럼 함께 사는 집이란 뜻이에요. 어쨌든 세상의 모든 집은 남녀가 함께 살면서 왜 학교는 따로따로 떨어뜨려 놨어요? 웃기잖아요? 여자끼리 남자끼리 가정을 이루면 레즈비언이다 호모다 하면서 온갖 차별을 하면서요. 그러니까 교장 샘이랑 학부모 운영 위원 아줌마들한테 말해서 남녀 공학으로 만들어 주세요."

반장 말에 아이들은 다시 한 번 커다란 웃음을 터뜨렸다. 담임은 반장을 뭐라 야단치지 않았다.

"반장, 네 말이 옳기도 하지만 나한테 그만한 권력은 없어. 여하튼 오늘은 이거 하나만 생각해라. '디스 타임 라스트 이어, 디스 타임 넥스트 이어(at this time last year, at this time next year).' 무슨 말인지 다 알지?"

담임의 말이 끝나자마자 여기저기서 두더지같이 머리만 살짝 든 아이들이 말꼬리를 잡고 늘어졌다.

"디스요? 타임이요? 그거 다 담배 이름인데요?"

"귀로 담배를 피워라? 아니면 귀에 담배를 꽂고 다녀라? 이런 뜻인가요?"

"설마! 담배 피면 귀 잡아당기는 벌을 준다는 뜻이겠지!"

"국산 담배 맛없어요."

담임이 한마디 하면 일부러 어깃장을 놓으며 다른 길로 새는 아이들이다. 이골이 난 담임은 상처를 입거나 화를 내지도 않는다. 또, 몰라서 그런 것도 아니기에 애써 소리를 빡빡

지르며 훈계할 생각도 안 한다. 그랬다가는 선생이 왕따를 당할 판이다. 대신 담임은 헛기침을 했다.

"작년 이맘때에 너희가 무슨 결심을 했고, 어떤 상황이었는지 모르지만 지금과 비교해서 뭐가 더 나빠졌고, 좋아졌는지 생각 좀 해 보기 바란다. 그리고 내년 이맘때쯤에는 지금보다는 뭐가 더 나아지고 싶고, 뭐가 변하면 좋은지도 생각해 보기 바란다."

"싫어요, 안 변할래요. 우리 엄마가 그러시는데 사람이 변하면 죽는대요."

"변할 무슨 근거가 있어야죠? 내가 변하려면 우리 아빠부터 승진해야 하는데요. 아니면 로또라도 대박 맞아야 하던지요. 그러니까 우리한테 변하라고 강요하지 마세요. 그러시는 샘은 뭐 변한 거 있어요? 샘은 작년보다 더 몸짱에다가 더 노안이 됐잖아요! 안 그래요? 즉, 샘은 인생 진화가 아니라 도태되고 계신 거라고요."

순간, 교실이 들썩였다. 박수 소리, 휘파람 소리, 웃음소리, 두 발을 구르고 책상을 두드리는 소리. 발언의 주인공은 멜코태수였다. 태수는 말을 잘 하지 않다가도 한번 입을 열면 거친 말을 단번에 쏟아붓는다.

"잘했어! 잘했어! 잘했어!"

"개념 태수! 개념 태수! 개념 태수!"

아이들은 박수를 치며 합창을 했다.

'태수는 은근히 시니컬해. 멜코태수보다 시니태수가 더 어울리는데…….'

현호도 할 수 없이 아이들과 함께 손뼉을 치며 태수를 바라보았다.

'분명해! 지금 태수 마음에 무언가 변화가 일어나고 있어. 1학년 때까지만 해도 저러지 않았는데…….'

그러나 태수를 바라보는 지혁이 눈에는 태수에 대한 존경심이 그득했다.

'짜식! 나는 언제쯤 태수처럼 거침없이 말할 수 있을까? 친구랑 있을 때는 잘하는데, 여러 사람들 앞에서는 도대체 혀가 돌아가질 않으니…… 태수는 대단해!'

지혁이는 박수를 치는 두 손에 더욱 힘을 주었다.

태수는 아이들의 환호에 용기를 얻었는지 일어서서 두 손 엄지손가락을 치켜세우고는 360도를 돌면서 인사했다.

담임은 창가로 가서 푹푹 한숨을 내쉬었다.

"이제 다 끝났냐?"

다시 교탁으로 돌아온 담임은 머리를 긁적였다.

"마음껏 조롱하고 즐기고 스트레스 풀어라. 학생 때나 가능한 특권이니까. 아마 그것도 중학교 때나 가능할걸. 그래서 내가 다 참아 주고, 다 받아 준다. 하지만 이거 하나는 알아 둬라. 내년 이맘때쯤 니들 얼굴 보면서 스스로 울 놈이 있다는 거다. 후회하지 마라. 물론 웃으면서 스스로를 대견해하는 놈도 있을 거다. 그렇게만 살아라."

결국 태수는 점심시간을 마칠 무렵, 담임의 호출을 받았다. 담임과 태수는 운동장 한쪽 조용한 곳에 앉아 이야기를 나누었다.

"미안하구나."

담임은 불쑥 사과를 했다.

태수는 뭐라 묻는 대신 멍하니 담임을 쳐다보았다.

"니들 한 사람 한 사람을 챙길 수가 없어서…… 태수야, 너 요즘 어디 아프니?"

"네버!"

태수는 고개를 저었다.

"그럼 여기는?"

담임은 오른손으로 자신의 앞가슴을 살짝 누르며 물었다. 물론 담임은 아이들이 웬만해선 자기네 속사정을 말하지 않는다는 걸 알면서도 질문을 던진 것이다. 이런 상황이 한두 번이던가.

"쳇! 공룡이 심장병으로 죽는 거 봤어요?"

태수는 말을 돌렸다.

"알았다. 다 내 잘못이지. 담임의 사명이 뭔지 헷갈리는 세상이니…… 그래도 정 힘들 땐 한번 정도는 담임이란 존재를 생각해 주기 바란다."

"메이 비! 땡큐, 써!"

그때, 수업 종소리가 울렸다. 담임은 앉은 자리에 그대로인데 태수는 벌써 교실 쪽으로 걸음을 옮긴 뒤였다. 담임은 한숨을 내쉬며 태수의 등을 바라보았다.

'아무래도 다음 주에 태수 부모님을 만나야겠어. 그런데 나는 뭘 할 수 있지? 나는 담임이잖아. 한 반의 학생을 전적으로 책임지고 맡아 지도하는 교사. 그런데 내가 뭘 책임지고 뭘 전적으로 맡는다는 거지?

담임은 태수 마음에 깊은 우물 하나가 생겼음을 눈치챘다. 그러나 작년처럼 재작년처럼 담임으로서 무언가 할 수 있는 게 없음에, 끊었던 담배를 다시 피우고 싶을 정도로 가슴이 답답해 왔다.

창문을 통해 담임과 태수를 지켜보던 현호와 지혁이는 태수가 들어서자마자 물었다. 태수는 두 친구에게 엉뚱한 이야기를 했다.

"우리 반 애들이 다 저질이라서 사표 내고 싶다더라. 특히 내가 제일 저질이래."

"정말? 와! 오늘따라 담샘 왜 그렇게 흥분한 거지?"

"우리 아빠가 그러는데 남자가 밖에서 흥분하고 신경질 내는 이유는 딱 하나래. 와이프랑 대판 싸우거나 와이프한테 대박 무시당했을 때."

"정말 그래서일까?"

"그래도 '디스 타임 넥스트 이어.' 라는 말은 기억에 남더라."

지혁이가 말했다.

"그래? 그럼 너는 내년 이맘때쯤에 어떤 모습일까?"

현호가 물었다.

"우선 우리 아빠가 최고급 페라리 자동차 한 대를 내 생일 선물로 주는 거야. 그리고 우리 엄마는 한도 없는 신용카드 한 장을 주는 거야. 공부는 적당히 하고, 미국이나 호주로 유학을 가는 거지. 걸 그룹 같은 여자애를 여친으로 사귀고. 어때? 굉장하지?"

지혁이는 두 친구를 번갈아 보며 웃었다. 지혁이 얼굴 가득 환하고 포근한 웃음의 기운이 흘렀다. 젖을 실컷 먹고 뽀

송뽀송 기저귀를 채우고 온도 적당한 방의 포근한 아기 침대에서 엄마 자장가를 들으며 자는 두 살배기 아가 얼굴, 그것이었다.

"네가 아주 막장 드라마의 절정을 보여 주는구나. 정말로 그런 일이 일어난다면 나는 무조건 너의 비서가 된다, 비서! 너 정신 안 차려? 에잇."

"윽윽, 이거 놔, 숨 막혀, 그만해, 그만해……."

지혁이는 한 팔로 제 목을 두르며 힘을 주는 태수에게 애원하듯 말했다.

친구들과 헤어져 학원 버스에 오른 현호는 물끄러미 창밖을 내다보았다.

저게 일상인가? 에브리데이 라이프?

걸어가는 두 다리.

달리는 바퀴.

서 있는 건물.

서 있는 나무.

벌린 입, 닫힌 귀.

앉아 있는 가게.

앉아 있는 가판대.

사고팔고, 팔고 사고.

앞으로 걷는 사람, 뒤로 가는 사람. 그런데 어떤 사람이 앞으로 오는 사람일까? 내가 보고 있는 상태에서 내 쪽으로 걸어오고 있는 사람을 '앞으로' 오고 있다고 말하는 거잖아. 이것만 봐도 인간은 결코 서로를 사랑할 수 없어. 인간은 사랑할 수 없는 절대 불변의 DNA를 지닌 생명체야.

현호는 저도 모르게 긴 숨을 흘렸다.

내년 이맘때쯤?

왜 담임은 우리한테 그런 헛된 희망을 품게 하는 걸까? 대한민국 아이들이 다 공부만 인생 목표로 삼는 게 아니잖아? 주인공이 있으면 엑스트라도 있고, 코디랑 매니저도 있어야 하고, 온갖 보이지 않는 데서 일하는 사람들이 있잖아. 조명, 소품 관리, 분장사…… 그런데 그 많고 다양한 일을 하는 사람들한테 내년 이맘때쯤?

샘!

우리도 다 알고 있어요.

아까 지혁이가 철이 없어서 페라리니 한도 없는 신용카드니 그런 말을 한 게 아니에요.

우리는 다 알고 있어요.

대한민국 중학생 대부분은 아무것도 아니라고요. 즉, 얼굴도 공부도 체력도 뭐 그저 그런 수준이죠. 집안이 부유한 것도 가난한 것도 아니죠. 우리 셋만 가지고 말해도 다 아실 거예요. 우리 부모님들은 엄청난 권력가나 재벌이나 지식인은 아니에요. 그렇다고 빚을 지거나 이혼하거나 직장이 없는 것도 아니죠.

그래서 나는 알죠.

우리는 대한민국 보통 수준 집의 보통 자식이라는 것을. 하지만 날마다 갖가지 사회 뉴스에 등장하는 청소년에 비하면 우리는 참 행복한 집의 다행스러운 자식이란 것을. 그러나 텔레비전 드라마에 나오는 주인공에 비하면 참으로 소박하기 그지없는 집안의 참으로 칙칙한 자식이란 것도 어른들 표현대로 뼈저리게 알지요.

그리고 나는 깨닫습니다.

지혁이가 말한 해적은 우리에게 영원한 판타지 영웅이란 것을. 또, 태수의 미미도 판타지 요정이며, 내가 원하는 북유럽에서의 다큐 감독 생활도 판타지 소설이란 것을!

하지만 나는 별로 이런 일에 스트레스 받지 않아요. 숙제와 시험만으로도 나의 스물네 시간은 늘 빠듯하거든요. 그만큼 내 몸은 청년이 아닌 중병에 걸린 노인처럼 흐느적거리죠. 그러다가도 친구와 농구나 축구를 할 때면 전사처럼 뛰어다녀요. 그건 걸 보면 스트레스의 노예는 아닌 것 같아요. 과외 선생 박 샘 말처럼 로마 시대 청년이 되어 칼 대신 두 팔과 다리를 마구 휘저으며 운동장을 달리거든요. '야아아아! 물러서라, 내가 간다!' 하면서 말이에요.

남들 하는 만큼 공부하면서 지내다 보면 적당한 대학에 들어가고, 적당한 회사에 취직하고, 적당한 여자와 결혼하여 적당하게 살다가 적당히 자식을 낳고, 적당하게 또 살다가 적당한 때에 죽겠지요! 한 마리 북극곰이나 한 무리의 회색 늑대처럼 멋지게는 못 살아도!

나는 텔레비전에서 동물 관련 프로그램을 볼 때 북극곰이나 늑대가 나오면 소변도 참을 정도랍니다. 그들의 삶은 참으로 단순하죠. 그러나 늘 극적이에요. 사냥하고, 새끼 낳고, 죽고. 동물 세계에는 인간 사회에서 벌어지는 갖가지 셀 수도 없이 많은 의식과 제도가 삭제되어 있지 않은가요?

군대도, 법원도, 종교도, 대형 마트도, 고아원도, 교도소도, 도서관도, 백화점도, 화장터도, 병원도, 경찰서도, 찜질방도, 패밀리 레스토랑도, 학교도, 영화관도, 게임방도, 방송국도, 호텔도, 은행도, 커피 전문점도, 공장도, 양로원도 없지요. 그냥 죽고, 태어나고, 먹고, 살아가고, 새끼 낳고, 세력

다툼하고, 복종하고……. 뭐, 이렇게 단순하면서 극적인 것!

나는 이제 겨우 중학교 2학년인데 그동안만 해도 너무 많은 시험을 치렀어요. 샘은 시험도 학생의 특권이고 낭만이라지만, 앞으로도 셀 수 없이 많이 치러야 할 악몽 같은 특권이고 구토 날 것 같은 낭만이에요.

샘, 뭐가 이리 복잡하죠?

그렇다고 내 일상이 〈미션 임파서블〉이나 '본' 시리즈처럼 극적이지도 않거든요.

현호는 버스에서 내릴 때까지 생각의 회로를 접지 못했다.

나도 내 친구도 늘 지질하다. 일등도 꼴찌도 아니다. 얼짱도 얼꽝도 아니다. 말 그대로 이것도 저것도 아닌 '그럭저럭'이다. 출판사에 다니는 엄마는 사람들과 말할 때 '평범한 건 하늘의 축복이죠.'라며 천사처럼 웃지만, 나에게는 '이 세상은 일등 아니면 아무도 기억해 주지 않아!'라며 하이에나처럼 이빨을 으르렁댄다. 그러니까 내가 아무리 고상하게 산다고 해도 결국 나는 하이에나 새끼다. 나도 어른 하이에나가 되면 엄마처럼 이빨을 드러내고 으르렁거리겠지.

학원 공부를 마친 세 친구는 아파트 단지 앞 편의점에서 다시 만났다. 서로 다른 학원에 다니지만 마치는 시간은 엇비슷하다. 그래서 세 친구는 별일 없으면 편의점에서 서로를 기다렸다가 만난다. 현호는 A동 605호, 태수는 505호, 그리고 지혁이는 B동 1204호다.

"안녕! 오늘도 무사히 귀가하신 동지들이여! 해적이 영어로 뭔지 알아?"

지혁이 편의점을 들어서며 큰 소리로 물었다. 지혁이는 애꾸눈 해적 대장처럼 한쪽 눈을 질끈 감았다.

"해적? 바다 도둑이니까, 씨 띠프 아니야? 바다 SEA, 도둑 THIEF 말이야."

태수가 현호의 눈치를 살피며 대답했다.

현호는 그저 웃기만 하면서 지혁이를 쳐다보았다.

"씨 띠프? 웬 씨 띠프? 근육통 생겼을 때 등딱지에 붙이는 파스 딱지 같은 이름? 그게 아냐. 해적은 P, I, R, A, T, E, PIRATE! 알았지? 앞으로 날 파이래트라고 불러. 발음 잘해! 파일럿이라고 하지 말고! 난 하늘보다 바다가 좋거든!"

지혁이가 손을 흔들며 말했다.

"알았어, 여드름탱이 파이래트야!"

"그래, 잘했다, 잘했어! 자기 별명을 자기가 만드는 것도 트렌드니까. 그럼 우리 컵라면 하나씩 때릴까?"

태수가 물었다.

"오늘은 일찍 갈래. 어저께 거의 밤새우다시피 했거든. 지금 웃고 있지만 눈물이 난다. 하품 때문에, 아홍!"

현호는 두 팔을 뒤로 활짝 벌리며 하품을 크게 했다.

"그래, 오늘은 나도 입맛이 별로야. 빨랑 가서 숙제도 해야 잖아, 우리?"

지혁이 두 눈을 껌뻑이며 말했다.

"알았다, 잘 가라, 파이래트!"

"널 봐! 참, 멜코태수! 부탁인데 제발 오늘은 야동이든 엠비든 다 관두고 잠 좀 자라! 너 요새 뭐 〈브레이크 던〉 같은 영화 찍냐?"

지혁이는 다시 한쪽 눈을 질끈 감으며 손을 흔들었다.

현호와 태수는 A동으로 들어갔다.

"태수야, 너 요즘 뭔 일 있지?"

"아니고!"

"장난하지 말고."

"아니고! 나 요즘 겨우겨우 이 악물고 참고 사는 거니까 더 이상 건들지 마."

현호는 뜻밖의 말에 멈칫했지만, 태수가 웃으며 말하는 걸 보고 장난이구나 하고 넘겼다.

"멜코태수, 대신 나랑 약속해."

"뭘?"

"무슨 일 있으면 우리한테 절대 다 말하기로."

"왜? 내가? 왜? 너희한테? 왜? 왜? 니들이 뭔데? 날 살릴 수 있어? 죽일 수 있어? 하나님이야? 천사야? 왜?"

"야! 너 왜 그래? 유치하게 사춘기냐? 아니면 엄마들처럼 갱년기냐? 너 같지가 않아. 너 뭐야? 누구야? 너 빙의된 거야?"

현호는 목구멍까지 치밀어 오르는 화를 꾹꾹 참으며 애써 농담으로 마무리했다. 그러나 태수는 단 한 마디도 듣지 못했다는 듯 싱글거렸다.

"지니현호, 넌 똑똑하니까 다 알겠지? 지혁이는 스트레스 지수 검사받으면 영이 나올 것 같지 않니? 어떤 일에도 스트레스 받지 않잖아. 안 그래?"

태수의 엉뚱한 질문에 현호는 잠시 망설이다가 '태수가 무안하니까 말을 돌리는구나.' 생각하고는 애써 진지하게 답했다.

"그런데 왜 얼굴이 온통 여드름투성이지? 그건 스트레스 때문에 생기는 거 아닐까? 지혁이도 공부 때문에 스트레스 엄청 받더라. 대한민국 학생치고 일등이든 꼴등이든 스트레스 안 받고 학교 다니는 애들은 거의 없을걸."

현호는 엘리베이터 버튼을 누르며 말했다.

20층에 멈춰 서 있던 엘리베이터가 빠르게 내려오기 시작했다.

"무슨! 여드름은 그냥 일종의 생리 현상이지. 심리적인 게 아니잖아. 지혁이네 부모님, 은행에 다닌다며? 그리고 우리보다 잘살고. 그럼 별문제 없을 텐데. 내가 볼 때 지혁이는 어쩌면 자위조차 안 해 본 것 같아. 그렇다고 지혁이가 어디가 모자라거나 띨해 보이지도 않는데! 저 녀석, 여자를 알기나 하는지…… 꼭 저렇게 순진한 애가 나쁜 여자 만나서 피눈물 흘리지. 아니야, 지혁이같이 순진댕이는 한번 당해 봐야 해. 그래야 앞으로 남은 백 년 인생은 여자들 때문에 피눈물 안 흘리고 잘 살지. 지혁이는 아마 여자랑 키스하고, 하룻밤 자면……."

아저씨처럼 묵직한 목소리로 한숨까지 내쉬며 말하는 태수. 마치 자기 아들을 걱정하는 아버지처럼 말하는 태수. 그런 태수의 말 방향이 다른 곳으로 흘러가기 시작했다.

"너, 지혁이를 정말 좋아하는구나. 별걱정을 다 한다. 난 지금 숙제랑 다음 달 시험 때문에 머리가 아플 정도야."

그러면서 현호는 '인생도 참 허무하고 말이야.' 라고 말하려다가 태수의 거친 핀잔과 놀림을 받을 것 같아 그만두었

다. 현호는 왼 손바닥을 이마에 대고 문질렀다. 태수 말을 중
단시키고 싶어서 일부러 그랬다. 컴퓨터 박사인 태수는 온갖
야동 프로그램이나 포르노 프로그램을 섭렵했다. 그래서인
지 말꼬리에 자주 성적인 이야기를 주렁주렁 단다.

땡!

엘리베이터 문이 활짝 열렸다.

두 친구는 성큼 엘리베이터 안으로 들어갔다.

"현호야, 너는 경험 있지?"

태수 말에 현호는 정말 머리가 아팠다. 한번 시작하면 끝
을 모르는 태수다. 하지만 지금은 다행이었다. 5층에서 헤어
지니까. 현호는 1분도 안 되는 시간이 너무 길게 느껴졌다.

"말해 봐."

태수는 팔꿈치로 현호 옆구리를 세게 찔렀다.

"윽!"

현호는 일부러 심하게 아픈 척하며 허리를 앞으로 푹 굽
혔다.

"짜식, 네 속 다 안다. 너 지금 내 말 피하는 거지? 역시 냄
새가 나."

땡!

엘리베이터는 구원자처럼 5층에서 멈췄다.

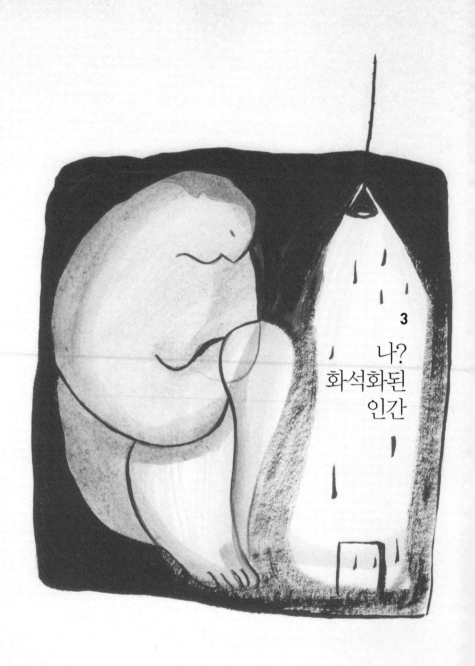

3

나?
화석화된
인간

"현호야, 인생 뭐 있냐? 지금은 부모 덕 봐야 살 수 있으니까 얌전히 말 잘 듣고 있지만, 고등학교만 졸업하면 나야말로 해적이 될 거다! 그리고 보면 지혁이가 영 멍청이는 아니야. 뭔가 선견지명이 있어! 잘 가! 6층 아저씨!"

태수는 뒤돌아선 채 오른손을 올려 흔들었다.

다시 엘리베이터 문이 닫혔다.

순간, 현호는 마음의 문도 닫히는 느낌이 콰악 올라 가슴이 답답했다. 태수와 지혁이, 현호는 유치원 때부터 친구였다. 같은 유치원, 같은 초등학교. 그리고 같은 중학교. 늘 같은 학원에서 만났다. 그러다 보니 소아과도 같은 곳, 옷도 같은 가게에서, 놀이터도 같은 곳, 문방구도, 떡볶이 집도, 피자 집도, 게임방도, 목욕탕도, 자주 가는 편의점도…… 온통 같은 곳이다.

그러다 보니 엄마끼리도 친하게 되었다. 아빠들은 하는 일이 다르고 출퇴근 시간대도 맞지 않아서 잘 어울리지 못한다. 그래도 세 친구는 마치 의형제처럼 되었다. 언젠가부터 현호는 이런 세 친구 사이에 무언가 틈이 벌어지고 있음을 느꼈다. 정확히 말하면 그 시작은 중학교 1학년 겨울 방학 때부터였다. 그렇다고 무언가 말할 수 있는 것은 아니다. 하지만 그것을 그냥 '느낌'이라고 하기에는 애매했다. 말 그대로 심증은 있는데, 물증이 없는 것? 사실인 듯한데 증명하기 어려운 것?

땅!

엘리베이터는 6층에서 멈췄다.

"지금 오니?"

엄마가 엘리베이터 문 앞에 서 있었다.

"엄마? 어디 가요?"

"글쎄, 네 아빠가 술 마셔서 대리 운전을 했는데 현금이 없다고 내려와서 기다려 달라고 전화했잖니! 도대체 한 달에 대리비가 얼마야? 빨리 들어가. 식탁에 간식 있어. 이제 도착했겠다."

엄마는 후다닥 엘리베이터 안으로 들어갔다.

현호는 느릿느릿 집 안으로 들어가며 생각했다.

네 아빠? 네 아빠라니? 엄마 남편이면서 꼭 안 좋은 일 있을 때에는 네 아빠라니? 마치 내가 아빠 보호자처럼 말하네. 분명히 아빠는 엄마 남편이잖아. 그러니까 내 남편이라고 말해야 되는 거 아냐? 내 남편? 그건 너무 개인주의적인가? 그래도 그렇지…… 네 아빠라니? 그래도 아빠는 엄마한테 소속된 사람 아닌가? 만약 아빠가 로또 대박이라도 맞으면 그때도 네 아빠라고 할까? 참, 뭐든 애매한 세상이야. 분명한 게 하나도 없다니까! 그래도 네 아빠는 너무했어!

현호는 식탁에 앉아 간식을 먹으면서 다시 태수 생각에 빠졌다. 아니 태수에 대해 정리를 했다. 그러나 막상 할 게 별로 없었다. 분명 10여 년의 시간을 함께 보냈는데 아는 게 많지 않았다.

태수는 나처럼 형제가 없고, 180센티의 키가 아니며, 상위 5퍼센트 성적도 아니다. 또 우리 집처럼 낡은 자가용이 있고, 부모님이 이혼하지 않았다. 그리고 태수가 좋아하는 옷이랑 운동화 브랜드는 나도 좋아하는 거고, 짜장면은 사천식이 좋고, 피자는 유명 상표보다는 우리 동네에 새로 생긴 수제 피자를 좋아하고. 아, 다른 점은 나는 O형이지만 태수는

B형이라는 것. 그리고 나는 내셔널지오그래픽 다큐멘터리를 하도 많이 봐서 그런지 세계를 누비고 다니는 다큐멘터리 감독이 되고 싶은데, 태수는 컴퓨터 전문가가 되고 싶다는 것. 즉, 집 안에서 한 발자국 움직이지 않고도 세계를 누비고 다니겠다는 거지.

현호는 고개를 갸웃했다.

우리한테 또 다른 점이 있던가?

그때였다.

"우리 아들 왔구나!"

아빠 목소리에 현호는 생각을 멈췄다.

"아들아, 아빠 오늘 기분 좋다!"

아빠는 구두를 다시는 찾지 않을 것처럼 내던지듯이 획획 벗으며 말했다. 구두 두 짝은 아빠 발에서 차례로 버림받았다. 현관 철문에 비참하게 부딪힌 구두는 비명 소리를 내며 쓰러졌다.

"어서 들어가세요!"

아빠의 말과 달리 엄마는 화난 얼굴이었다.

아빠는 어미 토끼가 새끼에게 달려오듯이 현호 앞으로 후다닥 다가왔다. 그리고 현호 앞에 놓인 물 잔을 들어 단번에 마셨다.

"아, 생명수! 좋다!"

아빠는 빈 물 잔을 거꾸로 들어 머리 위에 대고 마구 흔들었다.

"아니, 애 앞에서…… 아예 현호한테 팁도 주지 그래요!"

엄마가 소리를 질렀다.

"팁? 까짓것 왜 못 주나? 현호야, 얼마면 되니? 얼마면 돼?"

아빠는 비틀거리며 양복저고리에서 지갑을 꺼냈다.

'승진? 월급 인상? 아니면 사장님께 칭찬받았나?'

현호는 대강 이런 것을 떠올렸다.

뭐든 어때! 아빠한테 좋은 일이면 엄마랑 나한테도 좋은 일이잖아. 가족이란 게 그런 거 아냐? 잘됐다. 이번 토요일에 애들이랑 영화 보기로 했는데, 기회 놓치지 말고 용돈 좀 두둑하게 받자!

현호는 저도 모르게 입맛을 다시며 아빠의 지갑을 쳐다보았다. 현호가 작년 아빠 생일 때 선물한 짝퉁 명품 지갑이다. 노점상 주인이 그랬다.

"학생, 오늘 물건 정말 잘 산 거야. 이거 진품은 백만 원도 넘는 거야. 그런데 봐! 진짜랑 똑같잖아! 멍청한 인간이나 그런 걸 사는 거지. 차라리 오만 원짜리 짝퉁 사서 구십오만 원 넣고 마음 든든하게 다니는 게 더 낫지 않냐? 괜히 백만 원짜리 사서 거지처럼 다니는 것보다. 너희 아빠 같은 아저씨는 진짜 선물 해 봤자 하루면 잃어버리거나 누가 훔쳐 가도 아까운 줄을 몰라요. 그리고 부모란 게 원래 진품 짝퉁 안 가리고 자식 선물이란 데 초점을 맞추거든. 그저 자식이 사 준 거라면 천 원짜리도 좋아서 어쩔 줄 모른다니까. 문제는 자식이 그런 부모 마음을 모른다는 거야. 맘을 맘! 쉽게 말해서 맴을! 맴! 맴 알지? 마음보다 더 짠한 거 말이야. 그러고 보면 너는 효자다. 아빠한테 이런 선물을 하다니! 내가 장담하건데 너희 아빠는 아마 잃어버리지 않는 이상 죽을 때까지 이 지갑 쓰실 거야! 아니면 나한테 와! 내가 벌받을게!"

무슨 벌을 받겠다는 건지 모르겠지만 주인아저씨는 현호와 두 친구 앞에서 장담을 했다. 그 장담은 진실이었는지 아빠는 현호의 선물을 애지중지한다.

"아들아, 아빠가 왜 기분이 좋을까? 맞혀 볼래? 맞히면 내가 용돈 만 원 준다!"

아빠는 드디어 지갑을 열었다.

'돈 싫어하는 사람은 위선자이거나 시체야!'

현호는 침을 꼴깍 삼켰다.

"어? 돈이 하나도 없네. 다 어디 갔지? 이것들이 다 어디로 도망 간 거야?"

50

아빠는 조금 전 뒤집었던 물 잔처럼 지갑을 거꾸로 들고는 탈탈 터는 시늉을 했다.

"아이고, 우리 아들. 어떡하지? 돈이 우리 아들 무서워서 다 도망갔나 보네. 그래도 가만있을 수 없지. 아빠가 아들한테 싸나이 대 싸나이로서 약속한 건데 꼭 줘야지. 여보, 만 원만 줘 봐!"

아빠는 거실 마루에 앉아 빨래를 개고 있는 엄마를 향해 소리쳤다.

"됐거든요! 도대체 당신이 오늘 생돈 얼마를 쓴지 알아요? 명분 없는 술값이랑 대리비랑! 나, 일해야 하니까 말시키지 마세요."

엄마는 아빠를 휘익 쏘아보고는 안방으로 들어갔다. 아직 개지 않은 옷이 아빠의 구두처럼 버림받은 꼴로 거실 바닥에 흩어져 있었다.

"으잉? 엄마가 반란을? 허허, 할 수 없지. 아들아, 염려 마. 대신 내가 왜 기분 좋은지 맞히기만 하면 내일 두 배로 줄게."

아빠는 아예 현호 앞에 앉았다.

"그럼 이만 원이요?"

현호는 친구들과 영화 볼 생각에 수수께끼 풀듯이 머리를 굴렸다.

"이만 원? 좋아, 좋아. 이만 원! 이십만 원도 이백만 원도 아닌데 그깟 이만 원을 못 주겠나?

아빠는 빈 지갑을 다시 주머니에 넣었다.

"아빠, 승진했어요?"

"땡, 틀렸습니다!"

아빠는 손가락으로 가로 표시를 했다.

"그럼, 아빠, 월급 올랐어요?"

"땡! 이번에도 틀렸습니다."

아빠 손가락은 또 가로 표시를 했다.

"그럼 뭐예요? 월급 인상도 승진도 아닌데 아빠 기분이 왜 좋지요? 꼭 맞혀야 하는데……."

현호는 초조했다.

이 기회를 놓치면 안 된다. 정확히 용돈만 가지고 살 수는 없다. 언제나 아빠 벼락 용돈 덕에 품위 유지를 하고, 인간관계 질서를 고수해 왔는데…….

하지만 현호는 답을 찾지 못했다.

"이런, 이런……."

갑자기 아빠 얼굴에서 웃음기가 사라졌다. 그리고 슬픈 눈으로 현호를 빤히 쳐다보았다. 현호는 그런 아빠의 눈빛이 너무 어색해 일부러 바나나를 집어 들었다.

"현호야, 네가 그렇게 말하니까 꼭 엄마 같구나. 그리고 슬퍼지는구나. 아빠한테 기쁜 일이 꼭 승진 아니면 월급 인상일까?"

현호는 당황했다. 바나나를 다시 내려놓았다.

내가 뭘 잘못한 건가? 그런 게 아니라면 아빠한테 좋은 일이 뭐 있지? 아빠에게는 회사 말고는 좋은 일 생길 데가 하나도 없잖아? 엄마도 늘 바라는 게 그런 거고.

그러는 사이, 아빠는 식탁 아래를 향해 고개를 숙이고 있었다. 현호는 또 다른 어색함에 다시 바나나를 한 입 덥석 물었다. 그러나 맛을 느낄 수 없었다. 목이 메었다. 현호는 물을 마셨다.

"아빠도 물 한 잔 다오."

아빠 말에 현호는 캑, 기침을 하고 말았다. 물이 목에 걸린 것이다. 아빠는 현호가 따라 준 물을 이번에도 단번에 마시고는 말했다.

"현호야, 작년에 회사 사정으로 명퇴 당한 동료들이 돈을 모아서 오늘 식당을 개업했어. 너무 기뻤단다. 우리가 헤어질 때 남자고 여자고 다 울었거든. 나가는 사람이나 남아 있는 사람이나 다 울었지. 모두 나처럼 가족이 있는 가장이거든.

그런데 식당을 개업했다고 하니까 얼마나 기쁘던지! 그래서 그 식당에서 축하 파티를 한 거야. 회사 동료랑 친구, 다 데리고 가서 부장인 내가 한턱 쐈거든. 그냥 돈으로 축하금 내면 안 받을 거 같아서 말이야. 잘했지? 아빠 잘했지?"

아빠는 제 딴에 착한 일을 하고 칭찬받는 걸 쑥스러워하는 어린아이처럼 두 손을 얼굴에 대고 웃었다.

"아…… 네……."

현호는 어정쩡하게 대답하며, 그래서 아까 아빠가 생돈 썼다고 엄마가 화를 냈구나 생각했다.

"현호야, 아빠 칭찬 안 해 주냐?"

"무슨 칭찬이요?"

순간, 현호는 아차! 했다. 거짓말이라도 '아빠, 잘하셨어요!' 할걸 후회가 들었다. 그러나 이미 사태는 급하게 변했다. 아빠 표정도 변했다.

"현호야, 네가 칭찬해 줄 줄 알았는데? 어쨌든 널 실망시켜서 미안하구나. 그래도 내일 용돈은 준다! 왜냐구? 네 얼굴 보니까 돈이 필요한 것 같아서. 아빠는 네가 돈 걱정하는 게 싫거든."

아빠는 애써 웃는 얼굴이었다.

"내가 무슨…… 무슨 실망이요?"

현호는 당황해서 목소리까지 떨었다.

"아빠가 승진도 못했고 월급 인상도 안 돼서 말이야. 괜히 생돈만 써서 말이야. 그래도 아들! 아빠가 지금 기분 좋은 건 사실이야! 아빠 마음 이해해 줘라!"

"네, 이해해요."

이번에도 현호의 대답은 뜨뜻미지근했다.

"뭐 해요? 공부해야 될 아이 붙잡고 무슨 신파예요? 빨리 씻어요! 현호야, 너도 빨리 방에 들어가서 숙제하고 공부해! 다음 달에 시험이잖아? 이번에 수학 점수 안 오르면 과외도 끝이야! 지원해 줄 때 열심히 해, 그게 너한테 유익할 거야. 다른 집 애들은 저희가 알아서 이 과외 시켜 달라, 저 학원 보내 달라, 이 책 사 달라, 하는 바람에 그거 다 감당하느라 빚까지 내 허리가 휘어진다는데. 나도 그런 고생 좀 해 보는 게 소원이다, 소원!"

엄마 목소리는 안방 문을 활짝 열어젖힐 만큼 크게 들려 왔다.

"아들, 어서 들어가서 공부해라. 못 맞혔지만 그래도 내일 용돈 줄게. 엄마 몰래."

아빠는 양복저고리를 벗으며 한쪽 눈을 찡긋했다.

"괜찮아요. 없어도 돼요. 아직 용돈 있어요."

현호는 아무렇지 않게 말하며 돌아섰다. 진심이었다. 생돈 썼다고 엄마한테 혼난 아빠에게서 억지로 용돈을 받고 싶지 않았다. 현호가 방문을 열려고 하는 그때였다.

"현호야, 미안하다. 나도 당당하게 용돈 주고 싶고, 너도 당당하게 받을 수 있게 해야 하는데……."

현호는 방문 손잡이를 잡은 채 그 자리에 우뚝 멈춰 섰다. 갑자기 가슴속에서 주먹만 한 불덩이가 치밀어 올랐다.

"그만 좀 하세요! 내가 뭘 어쨌다고 자꾸 나를 천하의 나쁜 자식으로 만들어요? 내가 뭘 어쨌다구요! 아빠 회사 사람만 착한 사람이고 나랑 엄마는 나쁜 사람이에요?"

현호는 방문을 바라본 채 고함을 질렀다.

"내가 그랬나? 미안하다. 현호야."

아빠의 낮은 목소리가 들리는 순간, 현호 가슴속의 불덩이가 입 밖으로 쏟아지고 말았다.

"그만! 그만! 미안하단 말 좀 제발 그만 좀 해요! 왕 비겁하고 대따 졸렬하거든요!"

방 안으로 들어온 현호는 화풀이하듯 거칠게 의자를 당기며 책상 앞에 앉았다. 곧이어 안방에서 달려 나온 엄마 목소리가 거실 한가운데에서 울렸다. 목소리가 얼마나 큰지 닫힌 방문을 부수듯이 와다다다다 들려왔다.

"시험이 코앞인 애한테 왜 그래요? 당신 스트레스를 왜 엉뚱하게 애한테 쏟아요? 당신, 그렇게 낭만적으로만 살다간 우리 다 죽어요! 지금 낭만이나 의리에 따라서 사람 만나고, 지갑 열고, 술 마시고 할 때가 아니에요. 현실 좀 직시해요. 이건 완전 리얼이라고요. 우리 삶이 얼마나 처절한 리얼인지 몰라요? 당신도, 나도 언제 어떻게 될지 모르는데 누가 누구를 불쌍하게 여기고, 누가 누구를 도와줘요? 나는 퇴직금도 없는 직장이잖아요? 당신 퇴직금도 고모네 회사 부도 막는 데 보탠다고 한 차례 빼서 썼고요! 그런 데다가 현호두 이제 중2라 앞으로 들어갈 돈이 얼만데…… 초등학교 때랑은 돈의 단위가 완전 다르다고요! 완전! 제발 정신 좀 차려요!"

엄마가 두 발을 구르는 모습이 눈앞에 선했다. 아빠는 말이 없었다. 그러나 현호 귀에 아빠 목소리가 생생히 작게 또렷이 슬프게 들려왔다.

'미안해, 미안해…… 내가 잘못했어, 미안해, 미안해, 미안해.'

현호는 고개를 흔들었다. 귓속으로 사정없이 밀려 들어오는 아빠 목소리를 털어내고 싶었다. 책상에 엎드렸다. 눈을 감았다. 엄마 말대로 어른의 세계는 리얼일까? 그것도 완전 리얼일까? 그런데 우습게도 그 순간에 지혁이가 생각났다.

'난 해적이 될 거야! P, I, R, A, T, E, PIRATE! 파이래트!'

어느 새 눈앞에 파란 바다가 펼쳐졌다.

영화에서나 본 범선 한 척이 다가왔다.

파도는 잠자고 있는 듯하다.

태양은 눈부시게 빛난다.

바람은 잠잠하다.

하얀 갈매기가 길을 안내하듯 앞서 난다.

범선 갑판에서 누군가 현호를 향해 손을 흔든다.

지혁이다.

태수다.

두 친구는 일부러 한쪽 눈에 애꾸눈 해적왕처럼 안대를 둘렀다.

두 친구가 현호를 향해 손을 흔든다.

뭐라고 소리친다.

현호는 배를 향해 달려가다가 바다에 빠지고 만다.

친구들의 손짓은 더 빨라진다.

입도 더 크게 벌린다.

그러나 현호는 배 쪽으로 갈 수 없다.

현호는 중얼거린다.

이상하다. 분명히 이건 꿈인데, 판타지인데,

왜 내 두 발은 현실일까?

왜 내 두 발은 앞으로 더 가지 못할까?

현호는 친구들을 향해 소리친다.

나도 가고 싶어! 나도 데리고 가! 나도 갈래!

현호가 눈을 떴을 때, 엄마 목소리가 들렸다.

아침 식탁에서 엄마 아빠는 어제 일은 완전히 잊은 사람처럼 웃고 이야기하며 식사했다.

마도 이게 우리 집 미덕이지. 엄마 말로는 아빠는 A형이고, 엄마는 O형이라서 서로 잘 맞아서 그렇다는데…… 어쨌든 엄마 아빠는 늘 아침에는 웃으니까, 그것만으로도 행복해. 하지만 어떤 경우에도 엄마 잔소리를 다 받아 주는 아빠의 공이 더 크다는 것쯤은 알고 있지. 이를테면 아빠는 가정의 평화를 위해 자신을 버린 순교자인 셈이야.

현호는 숟가락을 북엇국 그릇 안에 넣고 살살 저으며 생각했다. 현호의 국 그릇 안으로 엄마 아빠 웃음소리가 양념처럼 쏟아졌다.

토요일 아침. 현호는 직장인도 아니면서 간절히 토요일을 기다린다. 우선 늦잠을 잘 수 있고, 정확한 시간에 식탁에 앉지 않아도 된다. 하지만 제일 좋은 점은 한 달에 한 번 정도 영화를 볼 수 있는 것이다. 오늘도 현호는 두 친구와 영화관에 왔다. 동네 백화점 옆에 있는 복합 상영관에는 휴일이면 많은 사람이 몰려온다.

"지니현호, 컴퓨터로 보면 집에서 편하게 발 뻗고 공짜로 볼 수 있는데, 왜 돈 내고 여기까지 와서 보는 거야?"

지혁이가 팝콘을 먹으며 물었다. 영화가 시작되려면 20분 정도 더 있어야 했다. 세 친구는 상영관 앞 기다란 의자에 나란히 앉았다.

"나는 극장에 오는 건 별로야. 나중에 연애할 때 여자애를 위해 올 수는 있지……."

제일 큰 사이즈의 팝콘을 산 지혁이는 팝콘 상자를 한 팔로 가슴에 안고 있었다.

"일단 화면이 크잖아. 그리고 사운드도 좋고! 그 맛이 일단 짱이지! 그리고 극장에서 먹는 팝콘이 세상에서 제일 좋아! 나는 영화 보면서 먹을 거야. 벌써 먹으면 이따가 재미없어."

현호는 지혁이 것과 같은 사이즈의 팝콘 상자를 두 팔로 안고 헤헤거렸다. 오늘 볼 영화는 초등학생도 볼 수 있는 3D

애니메이션이다. 북유럽 신화 이야기가 줄거리이다. 국어 선생님이 내준 숙제 때문에 고른 영화다.

"지니현호, 난 초딩 때 만화로 북유럽 신화 봤는데, 그리스 로마 신화보다 재미는 없더라."

지혁이가 말했다.

"신화는 개뿔! 공룡도 복원 못 시키는 인간이 무슨 신화를!"

태수는 팔짱을 끼며 침을 뱉듯 말했다.

"또 그놈의 공룡 얘기? 넌 네 자신을 공룡이라고 생각하는 거야?"

지혁이가 팝콘 조금을 태수의 입에 억지로 넣어 주며 물었다.

"나? 공룡이나 마찬가지지. 화석화된 인간이니까!"

"화석?"

현호가 태수를 빤히 쳐다보며 물었지만 태수는 야구 모자를 깊이 눌러 쓰며 입을 닫았다. 그러자 지혁이가 오른손을 제 목에 대고 서너 번 긋고는 현호에게 얼굴을 돌렸다.

"지니현호, 넌 이렇게 영화를 좋아하면서 왜 영화감독이 될 생각은 안 하니? 다큐 감독은 아주 유명 감독 빼고는 고생만 한다는데? 그럼 너는 지니현호보다 다큐현호가 낫겠다. 다큐현호, 괜찮지?"

지혁이가 물었다.

"나도 모르겠어. 네가 해적이 되고 싶지만, 해적이 되어서 뭘 할지는 모르겠다고 한 거랑 같은 경우지, 뭐. 그냥 다큐 감독이 되고 싶어. 그리고 다큐현호? 그거 괜찮은데. 지니현호는 좀 여자 같은 느낌이었는데. 좋아, 오늘부터 나는 다큐현호다! 와, 정말 내가 다큐멘터리 감독이 된 기분인데!"

현호는 진지한 표정으로 대답했다.

"니들 노는 거 보면 귀엽다, 귀여워. 귀엽다 못해 짜증난다. 그러니까 너희 둘은 절편 같은 애들이야."

태수가 웃으며 끼어들었다.

"절편이 뭔데? 스님이 있는 절이야? 아휴, 목말라. 내가 콜라 쏜다."

지혁이가 팝콘 상자를 현호에게 맡기며 일어났다. 현호는 두 개의 특대 사이즈 팝콘 상자를 쌍둥이 아기처럼 안았다.

"멜코태수, 절편이 뭐냐?"

"나도 몰랐는데 저번에 우리 외할머니가 떡을 해 오셨더라구. 절편이란 떡이었는데, 정말 이상했어. 단맛도 별로 안 나고, 생긴 것도 미니 빨래판처럼 생겼어. 한마디로 이것도 저것도 아닌 거지. 사람으로 치면 아무 매력 없는 거고! 맞다, 저 여자애들처럼 말이야."

태수는 턱으로 건너편 여자애들을 가리키며 웃었다.

중학생 정도 되어 보이는 여자애 넷이 현호처럼 커다란 팝콘 상자를 하나씩 들고 즐거운 얼굴로 이야기를 나누고 있었다.

"지니현호, 아니 다큐현호. 쟤네 좀 봐라. 예쁜 것도 아니고, 못생긴 것도 아니잖아. 난 정말 싫어! 다 싫어!"

태수는 이내 얼굴을 찡그렸다.

"그럼 너는 어떤 여자가 이상형인데?"

"난 여자라면 다 싫어!"

현호는 깜짝 놀랐다. 틈만 나면 컴퓨터로 포르노 프로그램을 보는 태수한테서 나올 말이 아니었기 때문이다.

"왜? 너 여자 좋아하니까 만날 그런 거 보는 거 아니야?"

"그래서 싫어! 그런 걸 하도 봐서 그런지 여자애가 다 악마로 생각된다구! 그리고 여자를 못 믿겠어. 천사처럼 웃고 있어도 못 믿겠고, 아무리 깨끗한 옷을 입고 청순해 보여도 못 믿겠어!"

"왜?"

현호는 아이처럼 태수에게 물었다.

"나의 실수! 못 믿는 게 아니라 그냥 싫어!"

그때, 지혁이가 캔 콜라 세 개를 들고 왔다.

"야, 이거 받아. 스맨지혁 형님이 한턱 쏘는 거야!"

두 친구는 얼른 콜라를 받았다.

"지니현호, 스맨지혁. 니들은 뭐가 좋아? 뭐가 젤 갖고 싶어?"

"돈!"

지혁이 먼저 말했다.

"나도……."

현호가 떨떠름한 목소리를 냈다.

"또? 또 없어?"

"없어! 돈이 제일 좋아. 솔직히 돈만 있으면 세상에 있는 거 다 가질 수 있잖아. 그러니까 돈 하나만 있으면 뭐든 다 있다는 말이기도 하잖아. 그러니까 나는 돈만 있으면 돼!"

"그거 말 되네."

현호는 또 떨떠름한 표정으로 지혁이 말을 받았다.

"그럼 결국 다 갖고 싶다는 거고, 다 좋다는 거네. 좋겠다. 갖고 싶은 것도, 좋아하는 것도 많아서."

"그럼 너는?"

지혁이가 물었다.

"나는 나도 싫은데, 뭘 더."

마침 상영관 입장을 알리는 소리가 들려왔다. 현호는 태수와 계속 이야기를 하고 싶었지만 참아야 했다. 하지만 변덕스럽게도 영화를 보는 동안 현호는 태수가 했던 말이나 궁금증 따위는 하얗게 잊어버렸다.

집에 와서, 잠자리에 들 때쯤에야 현호는 태수의 말이 불현듯 떠올랐다. 현호는 어둠 속에서 두 눈을 감았다 떴다 했다. 궁금증에 목이 말랐다가 오줌이 마려웠다가 했다. 물도 마시고 화장실도 다녀왔다. 그래도 잠이 오지 않았다.

여자.

현호에게 여자는 선녀도, 천사도 아니다 성부 마리아니 잔다르크 같은 존재도 아니다. 하지만 태수처럼 치를 떨 정도로 미운 존재거나 악마는 더더욱 아니다. 현호가 이제까지 좋아한 여자는 몇 명쯤 된다. 사귀었다고 할 정도는 아니다. 그냥 친하게 지낸 사이다. 이름도 기억한다.

현호 생애 최초의 짝꿍인, 초등학교 1학년 때 한지선. 지선이랑은 싸움도 많이 했지만 언제나 예쁜 원피스를 입고 다녀서 좋아했다. 지선이는 다른 중학교에 다니는데 가끔 학원에서 만난다. 지금 지선이는 앉아서 공부만 하는지 통통 살이 부풀었다. 얼굴엔 여드름이 셀 수 없이 툭툭 올라와 있다. 머리도 잘 감는 것 같지 않다. 안경도 도수 높은 걸 썼다. 공부는 전교 일등이라고 한다. 온통 공부 생각만 해서 그런지 어쩌다가 현호를 봐도 잘 웃지 않는다. 말 그대로 피곤에 푹 절어 있는 모습이다. 안쓰럽기도 하지만 이제는 여자 친구로 좋아하는 마음이 하나도 없다. 하나도!

그리고 6학년 때 같은 반이었던 박지나. 지나는 캐나다로 이민 갔는데, 너무 착해서 좋아했다. 여자애들이 하나같이 욕 잘하고 남자애들을 툭 하면 때렸는데 지나는 달랐다. 현호는 정말 지나가 착해서 좋았다. 왜냐하면 5학년때부터 여자애들이 무서워졌기 때문이다. 지나는 어른스러웠고 늘 조용했다. 여자애들은 지나를 싫어했지만, 대부분의 남자애들은 지나를 좋아했다. 현호는 요즘에야 깨달았다. 자신이 지나를 여자 친구로서가 아니라 좋은 친구로 좋아했던 것 같다고.

마지막 여자 친구는 중학교 1학년 때, 한 달에 한 번씩 가는 고아원 자원봉사 동아리에서 만난 옆 동네 학교 아이다. 이름은 송민정인데, 현호는 그 애가 피아노도 잘 치고 노래도 잘해서 좋아했다. 고아원 아이들을 위해 피아노를 치며 노래하는 모습이 너무 예뻐 현호는 여러 번 문자 메시지도 보냈고, 편지도 전했다. 그러나 민정이는 단 한 번도 답장하지 않았다. 그렇다고 현호를 피하거나 싫어하지도 않았다.

66

그래서인지 현호는 민정이에게 섭섭하거나 무시당한다고 생각 하지 않았다.

그렇게 고아원에서 한 달에 한 번씩 만나는 것으로 만족했고, 2학년이 되자 민정이는 동아리를 탈퇴했다. 현호는 민정이가 전공인 피아노에만 전념하기로 했다는 소식을 다른 친구를 통해서 들었다. 그래서 자연스레 민정이를 볼 수 없게되었다. 학원도 다른 데에 다니는지 마주치지 못했다. 이게 현호 여자 친구 이야기의 전부이다. 그러니 현호에게 여자는 천사도 악마도 아니다.

그런데 태수는 무엇 때문에 그렇게 심한 말을 했을까? 나쁜 여자애한테 호되게 당했나? 맞았나? 돈을 뺏겼나?

현호는 요즘 들어 갑작스레 생긴 태수에 대한 많은 궁금증으로 머리가 복잡해졌다. 그러면서도 마치 자신이 사립 탐정이 된 것 같아 약간의 흥분마저 일었다.

4

티라노사우루스 렉스가
살아 있다

'불타는 얼음, 살을 에는 듯한 불꽃, 이렇게 하여 생명이 시작됐다.'

현호는 집에 온 뒤로도 한동안 영화의 잔영 속에서 벗어나지 못했다. 영화가 시작되면서 독일어와 비슷하면서도 느낌이 사뭇 다른 스웨덴 어로 장중한 내레이션이 흘렀는데, 그때 화면에 비춘 한글 자막으로 된 첫 문장이 계속 귓가를 맴돌았다.

'불타는 얼음, 살을 에는 듯한 불꽃, 이렇게 하여 생명이 시작됐다.'

그리스 로마 신화와는 달리 북유럽 신화는 괴기스러운 공포감마저 들게 했다. 더구나 북유럽 신화 속의 천지 창조 장면은 마치 지옥 탄생을 보는 듯 현호를 혼란스럽게 만들었다. 현호는 채 읽지 못하고 책장 깊숙이 꽂아 두었던 청소년을 위한 북유럽 신화의 첫 권을 꺼냈다. 이모가 나무로 만든 바이킹 인형과 함께 선물로 준 5권짜리 시리즈 책이다. 이모가 그랬었다. '이제 중학생이니까 그리스 로마 신화 말고 북유럽 신화도 읽어야 해.' 그러나 현호는 첫 권의 몇 페이지를 넘기지 못했다. 단순히 재미가 없어서였다.

현호는 첫 장을 펼쳤다. 다시 읽으려는 것보다 조금은 혼란스러웠던 영화의 줄기를 잡기 위해서였다.

태초에 남쪽에는 무스펠이라는 지역이 있었다. 그곳은 끊임없이 날름거리는 불꽃으로 깜박거렸다. 불꽃은 타오르며 밝게 빛났다. 그 안에서 태어난 존재를 제외하고는 아무도 그 불꽃을 견딜 수 없었으니, 오직 수르트만이 있었다. 멀리까지 뻗어 있는 무스펠의 온 지역 위에 군림한 수르트는 이글거리는 불 칼을 휘두르며, 언젠가 자신이 드높이 솟아올라 신들을 유린하고 온 세상을 불로 집어삼킬 종말을 이미 기다리고 있는 중이었다.

북쪽에는 니플헤임이라는 지역이 있었다. 그곳은 얼음으로 가득 찼고 광활한 눈 더미로 덮여 있었다. 니플헤임의 한가운데에는 흐베르젤미르라는 샘이 있었는데, 그 샘은 열한 개의 지류로 흐르는 엘리바가르 강의 원천이었다.

70

불타는 무스펠과 얼음으로 가득찬 니플헤임, 이 두 지역 사이에는 거대한 틈이 존재하고 있었으니 바로 긴눙가가프였다. 흐베르젤미르에서 솟아오른 열한 개의 강은 이 틈새로 흘러 들어갔다. 강물 속에 있던 부글부글 끓어오르는 독액이 점차 농밀해지더니 화산재처럼 얼어붙자 강물은 얼음으로 변했다. 독액은 또한 이슬도 내뿜었다. 이슬은 끝없이 음산한 늪지인 긴눙가가프로 떨어져 내리자 서리로 변했다. 그래서 긴눙가가프의 북쪽 지역은 두터운 얼음 층과 하얀 서리에 둘러싸여 사나운 바람만이 몰아치는 황량한 벌판이 되었다.

북쪽은 모든 것이 얼어붙었고, 남쪽은 모든 것을 녹이며 타올랐지만 긴눙가가프의 한가운데는 여름날 아침의 싱그러운 대기처럼 온화했다. 바로 그곳에서 무스펠에서 떠내려온 따뜻한 숨결이 니플헤임에서 내려온 서리를 만났다. 따뜻한 숨결이 서리를 어루만지며 솔솔 불어오자 얼음이 녹아 물방울이 똑똑 흘러내리기 시작했다. 이 흘러내린 물방울에서 생명체가 생겨나 거인의 형체를 이루었으니, 그 거인이 바로 이미르였다.

거인 이미르?

현호는 거대한 거인을 상상하는 순간, 태수가 자주 말하는 티라노사우루스가 저절로 그려졌다.

그런데 왜 자기 자신을 화석이라고 했지?

문득 오래된 일기장을 읽어 가듯 태수의 목소리가 떠올

랐다.

"우리 엄마는 내가 대단한 줄 안다니까! 마치 나를 티라노 사우루스 정도로 생각하는 것 같아. 그래서 하나뿐인 아들이 공부도 잘하고 운동도 잘하고 친구 관계도 잘해 나가고…… 한마디로 거침없는 줄 알아! 그 잘난 공룡들은 다 죽어서 썩고 썩어서 시커먼 석탄이 되거나 해골 같은 화석이 된 줄도 모르나 봐. 무식한 건지 일종의 정신병인지…… 너희 엄마도 그러시냐?"

그때 현호는 가볍게 대꾸했었다.

"공룡? 그러면 좋게! 우리 엄마는 기껏해야 나를 올챙이 정도로나 여긴다고 할까? 만날 잔소리만 하잖아. 누가 공룡 같은 최상위 포식자에게 잔소릴 하겠냐? 너희 엄마는 너를 완전 왕자 아니, 황태자로 모시잖아."

현호는 고개를 갸웃했다.

그런데 태수가 요즘 왜 그러는 거지? 집에서는 태수가 좀 변한 걸 모르나?

현호는 다시 북유럽 신화 속으로 들어갔다.

이미르는 서리가 녹아내린 물방울에서 생겨났으므로 서리 거인이었으며 천성적으로 사악했다. 이미르는 잠자는 동안 땀을 흘리기 시작했다.

이미르의 왼쪽 겨드랑이에서 흘러나온 땀에서 한 남자와 한 여자가 자랐고, 이미르의 한쪽 다리에서 자식이 태어났다. 이미르는 모든 서리 거인의 조상이었으므로 사람들은 이미르를 아우르젤미르라고도 불렀다. 긴눙가가프에 있던 얼음이 좀 더 녹아 흘러내린 물은 아우둠라라는 암소의 형태로 변했다. 서리 거인 이미르는 아우둠라의 네 갈래 젖꼭지에서 흘러내린 젖을 먹었고, 아우둠라는 얼음을 먹었다. 아우둠라가 찝찔한 얼음 덩어리를 핥자 첫날 저녁에는 얼음에서 한 남자의 머리카락이 돋아 나왔다. 아우둠라가 조금 더 핥자 둘째 날 저녁에는 남자의 머리가 온전히 생겨났고, 셋째 날 저녁에는 완전한 형태를 갖춘 인간이 태어났다. 그의 이름은 부리였다.

부리는 키가 크고 강인했으며 잘생겼다. 얼마 후 부리는 보르라는 아들을 얻었고 보르는 서리 거인 중의 하나인 볼토르의 딸, 베스틀라과 결혼했다. 베스틀라는 세 아들을 낳았는데 첫째가 오딘, 둘째가 빌리, 셋째가 베였다.

구불구불한 모래사장, 바다의 차가운 물결, 굽이치는 풀밭이 생겨나기 전, 태초에는 이것이 전부였다. 땅도 하늘도 없었고 오로지 무스펠과 니플헤임이 있었고 그 사이에 긴눙가가프가 존재했을 뿐이었다.

휴우…… 역시 어려워. 그리고 이상한 천지 창조야.

현호는 힘들게 조금 더 읽고 나서 책장을 덮었다.

그러고 보면 우리나라 단군 신화는 완전 동화네. 호랑이랑 곰, 마늘이랑 쑥. 우리나라 신화는 정말 너무너무 순진해! 예쁘고 귀엽고 다정다감한 동화! 하지만 북유럽 신화는 솔직히 토 나올 것 같아. 거인의 시체로 세상을 만들어? 으으으…… 완전 엽기야. 시체 살점으로 땅을 만들고, 뼈로 산을 만들다니! 이빨과 턱뼈로 바위랑 돌멩이를? 그래서 바이킹이 그렇게 무섭고도 용감했던 걸까?

현호는 다시 책을 제자리에 꽂아 두고 서랍 속에서 바이킹 인형을 꺼냈다. 가운뎃손가락 길이만 한 나무 바이킹 인형은 꾸러기 아이처럼 현호를 바라보며 환하게 웃고 있었다. 현호는 손가락으로 바이킹 얼굴을 찬찬히 매만졌다. 친구들 앞에서는 절대 내색하지 않지만 현호는 인형을 좋아한다. 서랍 속에는 어릴 때 갖고 놀던 헝겊 동물 인형부터 이런저런 자기만의 사연이 담긴 작은 인형이 스무 개도 넘게 있다. 거의 동물 모양 인형이며 자그마한 크기이다.

이건 나만의 비밀이야. 큭큭, 지혁이랑 태수가 알면 나를 얼마나 놀릴까? 아마 유치하다고 할 거야.

마치 현호와 마음의 전파를 주고받은 것 마냥 태수에게서 메시지가 왔다.

- 캡 열 받기 전에 빨리 싸! 캡 열 받기 전에 빨리 싸! 캡 열 받기 전에

빨리 싸!

열어 보니 사진도 함께 도착했다.

이게 뭐야?

현호는 사진을 확대해 보았다. 짙은 초록색과 흙빛으로 얼룩진 한 마리 공룡 얼굴이 화면 가득 퍼졌다. 먹이를 앞에 둔, 아니면 만만찮은 적을 제압하려는 듯 입을 쩍 벌리고 날카로운 이빨을 드러내며 으르렁거리고 있는 얼굴. 북유럽 신화 영화 속에서 오딘의 무리와 대항하는 거인의 얼굴처럼 보였다.

이런 건 왜 보낸 거야? 여자애들처럼 주기를 타나? 그것도 아니면 유치원 애들처럼 유치하게……. 나처럼 인형을 좋아하는 것보다 이런 거 가지고 폼 잡는 애들이 더 유치한 거야. 전형적인 마초야, 마초! 그런데 이 공룡이 티라노사우루스인가?

현호는 한 마리도 남지 않고 자신의 아스라한 기억 저편으로 대이동을 했거나, 중학생이 되면서부터 자신의 삶 한구석에서 완전 멸종해 버린 숱한 공룡 이름을 떠올려 보았다. 이름이 서로 헷갈리기도 했다. 그러나 곰곰이 생각해 보니 의외로 쉽게 기억이 되살아났다. 공룡 이름이란 게 거의 '사우루스'를 그들의 꼬리처럼 달고 있으니까 말이다.

현호는 대단한 비밀의 실마리를 찾은 사람처럼 시익 웃었

75

다. 그리고 천년 세월을 누워 있는 미라를 다시 살려 내려는 듯 공룡 이름을 불러 보았다. 마치 공룡 초혼가처럼!

티라노사우루스, 알로사우루스, 메갈로사우루스, 그리고 바론토? 아니 브론토사우루스, 카마라사우루스, 케퍼오시아, 아니 케티오사우루스, 스테고사우루스, 브라키오사우루스, 디플로사우루스, 아니지. 이놈은 디플로도쿠스이지! 그리고 으음…… 이구아노돈, 트라코돈, 그리고…… 모르겠다! 여기까지! 이것만 해도 대단한 기억력 아니야?

현호는 오른손으로 머리를 쓰다듬으며 스스로를 칭찬했다.

남자애치고 어린 시절, 공룡에 열광하지 않은 사람이 얼마나 될까? 공룡 이름과 습성, 생김새 등을 유행가처럼 막힘없이 줄줄 외우면서 자기 아이큐나 천재성을 증명하듯 그랬잖아. 그리고 공룡 모형을 수집하고 자랑하며 타임머신으로 과거 여행을 하는 것처럼 멀리, 멀리…… 원시 세계로 날아갔지.

현호는 다시 휴대폰 화면 속 공룡과 얼굴을 마주했다. 순간, 자신의 과거 속 공룡이 마치 화석에서 되살아나듯 꿈틀거렸다. 그러더니 요란한 울음소리를 내며 한 놈 두 놈 세 놈 …… 튀어나왔다.

현호는 공룡에 대해 남들만큼은 알고 있다.

공포 공(恐) , 용 룡(龍) . 공포의 용, 공룡!

다이나소어, D. I. N. O. S. A. U. R!

육상 파충류. 'dinos'의 어원인 'deinos'는 그리스 어에서 파생된 것으로 '무시무시한, 강력한'이라는 뜻이다. 'saur' 역시 그리스 어 'sauros'에서 나온 것으로 '도마뱀'이라는 뜻이라고 알고 있다. 그래서 공룡은 영어로도 '무시무시한 파충류, 무서운 용'인 것이다. 이 공포의 파충류는 물에서 사는 수장룡, 하늘을 날아다니는 익룡, 두 발로 서고 네 발로 걸을 수도 있는 조룡, 몸에 철갑을 두른 것 같은 검룡류 등 무척 다양하다.

그런데 왜 태수가 공룡 사진을 보냈지?

그때, 다시 메시지 알림이 울렸다.

- **캡 열 받기 전에 빨리 쏴! 캡 열 받기 전에 빨리 쏴! 캡 열 받기 전에 빨리 쏴!**

현호는 후다닥 쏘았다.

- **이놈 이름이 뭐?**

- **이 무식 똥덩어리야. 티라노사우루스 렉스.**

- **근데 왜?**

- **티라노사우루스 렉스가 살아 있다.**

- **화석 됐다며? 그럼 스티브 잡스도 살아 있다. 이순신 장군도 살아 있다.**

－…….

답이 오지 않았다. 휴대폰 화면은 정전된 방 안처럼 어둠으로 뒤덮였다.

－**뭐 하냐?**

－…….

화면은 티라노사우루스의 무덤처럼 깜깜했다.

－**캡 쏴라!!!!!!!!!**

－…….

휴대폰도 죽은 것 같았다.

－**죽을래?**

－…….

끝내 태수의 답은 없었다.

현호는 휴대폰을 책상 위에 내려놓으며 생각했다.

티라노사우루스 렉스? 왜 하필 그 공룡을 들먹이는 거야? 정말 자기 자신을 공룡처럼 거대하고 적수가 없는 포식자처럼 대단하게 생각하는 거야? 아니면 석탄이나 화석이 된 비참한 공룡으로 생각하는 거야?

현호는 머리를 갸웃했다.

지금 현호한테 남아 있는 티라노사우루스에 대한 지식은

그놈이 공룡 세계에서 가장 무서운 놈이라는 것 말고는 없다. 단지 힘이 센 놈, 공룡 세계의 대마왕, 공룡의 절대 권력자란 것에 매력을 느껴서 다른 남자애들처럼 현호도 그놈을 껴안고 지낸 시절이 있었다. 그러자 공룡과 태수에 대한 생각이 다른 느낌으로 다가왔다.

도대체 뭐야? 태수가 잃어버린 야수성, 남성성을 찾고 싶어서 그런 거야? 웬 마초 정신? 아니면 유년의 추억이 그리워서 나한테 어리광 부리는 거야? 역시 멜코태수야. 아니, 마초태수야! 자식, 이러면 멋있어 보인다고 생각하나? 미안하다, 태수야. 하나도 안 멋있거든!

현호는 냉정하게 티라노사우루스에 대한 생각을 멈추기로 했다. 또, 태수 걱정도 하지 않았다.

태수는 휴대폰을 통해 별의별 사진을 다 보내 놓고는 아예 전화조차 안 받는 걸 때로는 자랑처럼 여기는 녀석이잖아! 그런데 공룡 사진? 오늘은 상태가 완전 정상이고, 완전 상식이네! 난 이제 공부할 거다. 나를 서울대 보내서 신분 상승하려는 엄마 기대에 어느 정도는 성의를 보여야 하니까! 공부하자, 공부! 엄마가 그랬잖아. 공부 안 하면 인생 막장 캐는 인생 광부 되어서 캄캄한 인생을 살게 된다고!

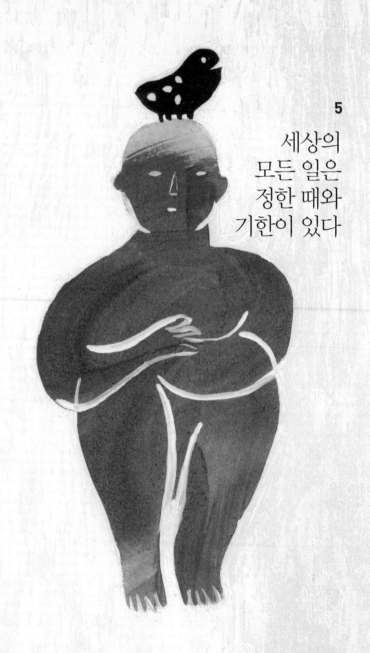

5

세상의
모든 일은
정한 때와
기한이 있다

밤늦도록 공부하다가 잠깐 잠을 잔 듯한데, 어느 새 현호는 제 몸이 식탁 앞에 앉아 있는 것을 알았다.

"얼굴이 까칠하구나…… 쯧쯧, 그래도 세수는 하고 와."

밥을 차려 주는 엄마 목소리에 안쓰러움이 줄줄 흘렀다.

"이러니 내가 키가 크겠어요?"

현호는 의자에서 일어나며 일부러 밝은 목소리로 말했다.

"또 180 타령이야? 괜찮아, 너 정도면! 남자가 얼굴로 먹고 살 거 아니면 180까지 안 돼도 괜찮아. 연예인 될 거 아니잖아?"

"엄마, 이 문제는 연예인이 되고 안 되고 하고는 아무 상관없어요. 그건 엄마 세대의 가치관이죠. 지금은 무조건 180이 넘어야 해요. 180이 넘든 아버지가 재벌이든 아니면 서울대 졸업을 하든. 하나는 꼭 갖추어야 해요. 어쨌든 엄마 때하고는 가치관이 달라졌어요."

"웬 가치관? 그건 가치관이 아니라 사회적 통념이라고 해야지."

"우리 세대한테는 키나 얼굴, 몸매도 가치관에 속하거든요. 그리고 일종의 이념이고, 계급투쟁이라고요. 얼마나 심플하고 순수하고 무차별적이에요?"

"그래? 엄마 생각엔 차라리 1980년대에 진짜 이념 투쟁하던 때가 더 순수하고 차별이 덜한 것 같은데? 그럼 너는 지금 그 세 가지 중 몇 개를 갖춘 거야?"

엄마는 정답을 알고 있다는 듯 불안한 눈빛으로 물었다.

"됐어요. 말해 봤자 비극적인 결론인데."

"그러니까 네가 살길은 아니, 운명을 바꿀 길은 공부야, 공부! 그만하고 얼른 세수하고 와. 늦겠다."

"네!"

현호는 큰 소리로 대답하고 화장실로 들어갔다.

현호가 다시 식탁 앞에 앉아 숟가락을 드는데, 오른쪽 눈가에 무언가 들어왔다. 고개를 돌려 보니 엄마가 붙여 놓은 새로운 글귀였다. 현호는 엄마가 자기를 세뇌 교육시키는 거라고 생각했다. 이건 현호가 중학생이 되면서부터 시작된 엄마의 작전이다.

일주일에 한 번씩 바뀌는 내용. A4 용지 한 장에 온갖 유명한 글을 직접 쓰고, 색연필로 여기저기 알록달록 줄을 긋거나 별표를 해서 붙여 놓는다. 국내외 작가의 소설이나 시의 한 부분, 청소년 롤 모델에 대한 글, 신문에서 찾아낸 사설이나 유명인의 글, 철학이나 인문학 등 여러 분야의 책에서 뽑은 글, 아예 영어로 된 글을 통째로 붙이는 경우도 많다. 그리고 이번 주는…… 현호는 밥을 먹으며 눈으로 글을 읽었다.

세상의 모든 일은 다 정한 때와 기한이 있다.

날 때와 죽을 때, 심을 때와 거둘 때, 죽일 때와 치료할 때, 헐 때와 세울 때, 울 때와 웃을 때, 슬퍼할 때와 춤출 때, 돌을 던질 때와 돌을 모을 때, 포옹할 때와 포옹하지 않을 때, 찾을 때와 잃을 때, 간직할 때와 던져 버릴 때, 찢을 때와 꿰맬 때, 침묵을 지킬 때와 말할 때, 사랑할 때와 미워할 때, 전쟁할 때와 평화로울 때가 있다. …… 그러므로 사람이 자기 일에 즐거움을 느끼는 것보다 더 좋은 것은 없으니 이것이 사람의 운명이기 때문이다. – 전도서 3장에서

"엄마, 이게 뭐예요?"

현호는 마주 앉아 있는 엄마에게 따지듯 물었다.

"왜? 마음에 안 드니?"

"네! 아무리 공부 때문에 시들어 가는 청춘이지만, 겨우 십 대 인생에게 들려주는 말치고는 너무 우울한데요?"

현호는 웃으면서 엄마를 흘겨보는 시늉을 했다. 그러나 기분은 정말 나빴다.

"그러니? 하지만 엄마가 이런 말을 적어 놓은 이유가 다 있어. 언젠가 네가 저 글을 이해할 때가 오겠지. 그땐 너도 엄마 마음을 이해할걸! 엄마는 저 마지막 구절이 좋아."

엄마는 벽에 붙인 종이를 보며 시를 읊듯 천천히 읽었다.

"'그러므로 사람이 자기 일에 즐거움을 느끼는 것보다 더 좋은 것은 없으니 이것이 사람의 운명이기 때문이다.' 저 말 대로라면 지금 너한테 자기 일이 뭐겠어? 공부잖아. 그러 니까 인생 즐거움이랑 보람을 얻는 데는 공부보다 더 좋은 게 없다는 거 아니겠니?"

"알았어요."

현호는 아주 간단하고 분명하게 대답하며 일어났다. 그러자 엄마가 기다렸다는 듯 숟가락에 밥을 그득 담아 현호 입으로 가져왔다.

"한 숟가락만 더."

이상한 일이 아니다. 언제부터인가 엄마는 늘 이런 식으로 현호에게 아침밥을 한 숟가락씩 더 먹이고 있다. 그래서 현호가 건강을 유지하는 건지도 모르겠지만.

"반찬!"

엄마는 소고기인지 돼지고기인지 모를 간장 양념 불고기도 한 숟가락의 밥만큼이나 그득 현호 입에 - 그야말로 퍼부었다고 말해야 정확한 표현일 거다. - 넣어 주었고, 현호는 조금도 반항하지 않고 받아먹었다. 아침마다 아무 저항 없이 한 숟가락의 - 아니 반찬까지 하면 두 숟가락 - '받아먹음'이 집안의 평화, 엄마 심신의 안정, 그래서 결국은 자신의 하루 평화로 이어지며 때로는 아빠의 평화까지 덤으로 획득할 수 있다는 것쯤은 이제 현호도 터득한 상황이다.

거의 그대로 삼키다시피 밥을 먹은 현호는 대충 양치질을 하고 가방을 들었다. 신발을 신는데, 이번엔 엄마가 빨대를 꽂은 시커먼 한약 파우치를 들고 달려왔다.

"아들, 약! 보약!"

"이건 또 뭐예요?"

"먹기나 해."

현호는 어린아이가 요구르트 마시듯 빨대를 쪽쪽 빨았다.

"읍, 써⋯⋯."

현호는 일부러 얼굴을 심하게 찡그렸다. 그러나 쓴맛이 아주 심하지는 않아서 마실 만했다.

"괜히 귀한 보약 가지고 반항하지 말고, 고마운 마음으로 마셔. 그래야 약효가 있는 법이야. 외할머니가 홍삼 다려서 보내신 거야. 네가 대학교 입학할 때까지 빠지지 않고 보내신대. 너한테 장기 투자하시는 셈이지. 나중에 외할머니한테 잘해야 돼!"

"이렇게 좋은 건 아빠나 마시라고 하시지⋯⋯."

현호는 빈 파우치를 엄마에게 건네주었다.

"아빠? 아빠는 돌아가신 할머니께서 어릴 때부터 녹용이니 보약이니 온갖 좋은 걸 너무 많이 먹여서 괜찮아. 그리고 아빠 배 못 봤어? 그게 배니? 공포의 둥근 산이지! 그런 배 속에 이런 보약을 자꾸 넣으면 이솝 우화에 나오는 개구리 배 폭발 사건 같은 게 일어날지도 몰라. 그럼 우리 아들, 오늘도 파이팅!"

"네, 네⋯⋯ 파이팅! 다녀오겠습니다!"

현호는 안방 쪽을 향해 큰 소리로 인사하고 집을 나섰다. 아빠는 현호보다 한 시간 앞서거나 뒤에 하루를 시작한다. 그리고 별이 빛나는 밤에나 볼 수 있는 아빠. 어느 집이나

'주간 엄마, 야간 아빠' 일까?

현호는 엘리베이터를 타며 생각했다.

엄마가 늘 덤으로 주는 한 숟가락의 밥과 한 숟가락의 반찬, 그리고 이제는 보약까지! 나도 나중에 아빠 배처럼 되는 건가? 그런데 참 이상하네. 어젯밤에는 태수가 수수께끼를 남기더니, 아침에는 엄마가 수수께끼를 남기시네!

– 티라노사우루스 렉스가 살아 있다!

– 세상의 모든 일은 다 정한 때와 기한이 있다!

딩동!

엘리베이터는 5층을 그냥 지나쳤다.

'어? 먼저 갔나?'

현호는 얼른 태수에게 전화를 했다. 휴대폰은 꺼져 있었다.

"다큐현호, 구텐 모르겐."

A동에서 나오는 현호 얼굴에 지혁이의 서툰 독일어 아침 인사가 쏟아졌다.

"니 밥 묵었나?"

"묵었다! 니는?"

"무슨 반찬? 깨구락지 반찬?"

"빙고! 너는 깨구락지 뒷다리 반찬?"

"틀렸다. 오늘은 앞다리다! 내일은 오동통한 깨구락지 궁둥이를 먹을끼다. 히히히……."

두 친구는 요즘 텔레비전에서 유행하는 지방말의 억양을 살려 장난 인사를 나누었다.

"그런데 오늘, 니, 까리하네!"

"니도 참 까리까리하다!"

"너는 깔까리깔깔까리하다! 그게 뭐꼬? 완전 머슴 스타일 아니가?"

"죽을래?"

지혁이는 한 팔로 현호의 목을 감싸 안았다.

이건 세 친구가 나누는 일종의 오락이자 아침 등교 취미이다. 또 세 친구는 학교 가는 동안 걸으며 세상 온갖 일에 참견하는 버릇이 있다.

"저 강아지 좀 봐! 완전 집 나와서 개고생하는 폼이네!"

"와, 나도 나중에 저런 자동차 몰아야지. 근사하다! 외제차."

"저 여자애는 치마를 입은 거냐, 벗으려고 하는 거냐? 도대체 여자애들은 왜 저러냐?"

"저기 휴대폰 가게 좀 봐! 새로 나온다는 그 스마트폰 광고지 붙었잖아. 앗싸! 이번에 시험 잘 봐서 꼭 저걸로 사 달라고 해야지! 저런 거 들고 다니면 폼 좀 나겠는데. 하지만 뭐 하나? 하루 스물네 시간 학교, 학원, 집만 왔다 갔다 하는데.

그런 데서 폼 잡아 봤자 누가 알아줘야지!"

"야, 야! 저 애 진짜 예쁘다. 우리 동네 물이 언제부터 좋아졌지? 이사 온 앤가? 분명 우리 동네 토종은 아닐 거야! 우리 따라갈까? 히히히……."

"으으으…… 저 사람 좀 봐. 우리 아빠랑 나이가 비슷한 것 같은데. 벌써 노숙자 신세라니! 으이그, 난 절대 저런 인생은 되지 말아야지!"

"너무 그러지 마. 저 아저씨도 응애응애 하고 세상에 태어났을 때는 누구네 집 귀한 아들이라고 대접받았겠지. 사랑받기 위해 태어난 사람이라고 말이야."

지혁이가 말한 순간, 현호는 엄마가 써 붙여 놓은 글을 떠올렸다.

'세상의 모든 일은 다 정한 때와 기한이 있다! 그래, 타임 앤드 시즌.'

그러면서 반사적으로 태수의 문자 메시지도 생생하게 눈앞에 그려졌다.

'티라노사우루스 렉스가 살아 있다!'

현호는 제자리에 멈춰 섰다.

"왜 그래?"

지혁이가 멀뚱한 눈으로 현호를 쳐다보았다.

"어젯밤에 태수가⋯⋯."

현호는 인기 드라마를 재방송하듯 이야기했다.

"티라노사우루스 렉스? 아하, 티렉스! 티라노사우루스 렉스를 줄여서 티렉스라고 하잖아. 그게 언제 적 얘기냐! 꿈만 같다, 꿈만 같아. 초등학교 저학년 때까지 공룡 가지고 놀았고, 공룡 관련 책은 몽땅 다 읽었는데⋯⋯ 그때가 좋았지. 아무 근심 걱정 없었잖아."

지혁이는 마치 노인처럼 지긋한 눈길로 하늘을 올려다보며 말했다. 하늘 어딘가에, 어느 구름 자리인가에 제 어릴 적 동화 같고 천국 같은 장면이 숨어 있기라도 한듯 말이다.

"그래. 그때가 좋았지."

현호도 하늘을 올려다보며 맞장구를 쳤다. 순간, 지혁이의 매운 손바닥 세례가 현호의 등 한가운데에 꽂혔다.

"짜샤! 좋긴 뭐가 좋아? 왜 이래, 팔구십 먹은 할아버지처럼! 네가 그러니까 우리가 벌써 노인 같잖아! 너는 애가 왜 이 모양이냐? 내가 그런 말하면 쓸데없는 소리한다고 오히려 혼내야지."

"그런가? 나는 그냥 뭐, 네 말이 맞는 것 같아서⋯⋯."

현호는 한 팔을 등 뒤에 대고 지혁이가 때린 부분을 긁적거렸다.

"어쨌든 태수, 그 자식 공부하기 싫으니까 죄 없는 공룡을 제물로 삼는 거 아냐?"

지혁이 눈빛이 이번엔 시큰둥해졌다.

"그런가 보다!"

현호는 마치 의문이 풀린 사람처럼 마음이 가벼워졌다.

'지혁이 말이 맞을 거야. 녀석, 괜히 공부하기 힘드니까 어렸을 적 공룡 얘기를 꺼낸 건지도 몰라.'

현호는 혼잣말하며 걸었다.

"하지만 그런 걸 제물로 삼아서 뭐 하겠다고! 기껏 멸종한 존재를……."

지혁이는 한숨 쉬듯 뒷말을 길게 내뱉었다.

"티렉스 이빨 생각나지? 이빨 길이가 30센티미터도 넘잖아. 칼처럼 날카롭고 톱처럼 삐죽삐죽한 그 이빨로 사냥감을 한번 물면 절대 놓치는 법이 없지."

지혁이가 제 이를 다 드러내며 공룡이 으르렁거리는 모습을 흉내 냈다.

"맞아! 그리고 턱은 어떻고! 최강 캡 짱 울트라 턱이라서 먹잇감을 한번 물면 뼈까지 한번에 와자작작작 부서뜨리잖아. 으으으으."

현호는 입을 악다물고 고개를 절레절레 흔들었다.

"꼬리는 어떻고! 엄청나게 거대하고 쇳덩어리처럼 막강한 꼬리로 사냥감을 완전 인정사정없이 후려쳐서 기절시키고 죽이잖아!"

지혁이는 이번에는 제 엉덩이를 실룩거리며 말했다.

"티라노사우루스의 두 눈은 앞을 향해 있고, 사람 눈처럼 물체를 입체적으로 볼 수 있어. 그런데 캭! 지구상에서 완전 멸종했잖아!"

현호는 한 손을 제 목에 대고 스윽 긋는 시늉을 했다.

"그게 아이러니해. 이 지구상에서 가장 오래 존재할 것 같은 놈이 영원히 사라졌다는 게 말이야. 아무리 먹이를 구하기 힘든 빙하기가 와도 그렇지. 그 큰 덩치로 사냥도 제대로 못하고, 결국 동물 시체만 먹다가 마침내 굶어 죽은 거 아냐! 무슨 하이에나도 아니고! 태수는 그런 덩치만 크고 멍청한 폭군이 뭐가 좋다고!"

지혁이는 다시 고개를 흔들었다.

현호도 고개를 저었다.

"네 말이 맞다. 태수는 아직 유아기에 머물러 있어!"

"우리가 교육 좀 시킬까? 어른 교육 말이야."

지혁이가 장난기 가득한 얼굴로 말했다.

"그럴까? 재밌겠다!"

현호도 웃는 얼굴을 하며 어린애처럼 말했다. 어떤 예상치 못한 즐거운 일이 벌어질 것 같은 생각에 괜히 마음이 들떴다. 하지만 두 친구의 태수 교육시키기 작전은 교문을 들어서고, 선생님의 "뛰어! 뛰어! 뛰라고!" 고함 소리를 듣는 순간, 뜀박질하는 운동화 바닥에서 밀려 나오는 흙먼지와 함께 사라졌다.

6

태수가 학교에
오지 않았다

태수는 교실에 없었다.

아니, 학교에 오지 않았다. 현호는 당번이 바구니를 들고 휴대폰을 걷기 전에 태수에게 전화를 했다. 휴대폰은 꺼져 있었다. 집 전화는 아무도 받지 않았다. 앉는 자리가 다른 현호와 지혁이는 문자를 주고받았다.

－ **태수는?**

－ **나도 몰라.**

－ **비상사태?**

－ **어쩌라고.**

－ **이따 오겠지.**

－ **안 오면?**

그때, 당번이 현호 앞가슴으로 바구니를 내밀었다.

"미안, 나는 맨 나중에!"

현호의 말에 당번은 무표정한 얼굴로 뒷자리로 갔다. 그새 지혁이에게서 문자가 왔다.

- 별일 아니겠지?

- 어제 태수가 보낸 티라노사우루스 메시지를…….

현호는 문자를 여기서 멈춰야 했다. 담임이 이름을 크게 불렀기 때문이다. 현호는 쓰레기를 버리듯 바구니 안에 휴대폰을 던져 넣었다. 휴대폰끼리 부딪히는 소리가 제법 크게 울렸다. 그때, 누군가 소리를 질렀다.

"야! 내 스마트폰 어제 새로 산 거야. 그런데 그렇게 세게 던지면 어떡해? 내 거 깨지면 어떡해!"

현호는 두 손을 모아 쥐고 허공을 향해 높이 들었다.

"쏘리, 쏘리. 100퍼센트 진심 쏘리!"

목소리 주인공의 화를 가라앉히기 위해 현호는 연신 두 손으로 미안함을 표시했다. 그러자 반 전체가 술렁거렸다.

"아냐, 잘했어. 확 깨 버려! 그래야 우리 엄마도 스마트폰으로 사 주시지."

"맞다, 맞아! 나도 이참에 물건 좀 바꾸자."

"확 깨 버려!"

"그러지 말고 아예 집단으로 폰 깨기 놀이나 할까?"

"빙고! 폰 깨기! 폰 깨기! 폰 깨기!"

이 광경을 지켜보던 담임이 서둘러 교실을 진정시켰다.

"또 공부 안 할 건수 잡았군. 조용! 자, 그럼 시작하자!"

1, 2학년의 하루는 '별거 별거 타임'으로 시작한다. 1교시 시작 전 30분 정도 말 그대로 별거 별거에 대한 자유 시간을 갖는다. 하지만 늘 담임이 함께하니 완전 자유는 아니다. 그리고 조금 전처럼 휴대폰 완전 압수 의식까지 치르니 말이다.

게다가 담임은 사회 과목 담당이라 그런지 아침마다 지구촌 곳곳에서 일어나는 별의별 뉴스나 자료를 가지고 와서 아이들을 괴롭힌다. 그리고 늘 별거 별거 타임 마지막에는 이런 말을 덧붙인다.

– 세상이 이렇게 돌아가고 있는데 너희는 왜 이 모양인지 도대체 이해가 안 간다. 계속 이런 식으로 살면 스마트폰이나 태블릿 피시를 손에 들고 주인 명령에나 따라 바쁘게 뛰어다니는 노예가 될 거야! 정신들 차려!

– 자유, 개성, 일탈, 해방, 독립…… 이런 말은 좋아하면서 정작 집단으로 움직이지 않으면 아무것도 못하는 너희 세대는 노예나 마찬가지야!

– 컴퓨터 게임부터 시작해서 시체 놀이니, 플래시몹이니 하는 것도 다 그런 노예근성에서 나오는 거야. 도대체 혼자

서는 아무것도 못하잖아. 스마트폰에 코 박을 때 말고는!

그래서 담임 별명이 '노예토'이다. 담임이 입에 달고 사는 '노예'와 '멘토'의 '토'자를 따서 만든 것이다. 어쨌거나 아이들은 담임의 그런 협박과 경고에 뭐라 대들거나 반론을 제기하지 못한 채 속으로만 구시렁댄다.

– 노예토 씨! 우리는 노예도 못 된다고요! 공부하느라 잠잘 시간도 죽을 힘도 없다고요!

– 내가 선생님이 되면 담쌤처럼 학생을 아침부터 기 죽이는 일은 하지 않을 거야! 절대로! 절대로!

– 공부 시간을 딱 절반만 줄여 줘 봐요. 그럼 우리도 스웨덴, 캐나다, 핀란드 애들 못지않게 멋지고 뜻깊게 살 수 있어요!

심지어는 담임의 쌍둥이 중학생 딸을 물고 늘어진다.

– 노예토 님네 쌍둥이 걸은 어떻게 사는데요? 중3이라면서 공부는 안 하고 온갖 문화생활을 다 하며 사나요?

– 쌍둥이 걸이 나중에 우리를 노예로 부리는 여왕이 될까요?

– 우리 걱정은 말고 노예토 씨네 쌍둥이나 걱정하세요. 우리 걱정은 부모님이 넘치도록 하고 계시니까요! 쌍둥이면 온갖 투자도 두 배로 퍼붓잖아요. 그 애들이 나중에 성공하면

기쁨도 두 배겠지만, 폭삭 망하면 한숨이랑 눈물이랑 실망이랑 몽땅 두 배가 되겠네요.

이런 아이들의 마음을 아는지 모르는지 담임은 오늘도 '별거 별거 타임'을 위해 새로운 뉴스를 꺼냈다.

"잘 들어라."

"네에……."

아이들은 작게 대답하며 한숨을 쉬었다. 아직도 비몽사몽 간밤의 매듭짓지 못한 꿈속을 헤매는 아이, 두 눈만 크게 뜬 채 순간순간 맹렬하게 잠 속으로 빠져드는 아이, 급하게 먹고 온 아침밥을 소화시키느라 꺼억꺼억 거리는 아이, 빈속으로 허겁지겁 달려오느라 속이 쓰려서 얼굴을 찡그리고 있는 아이, 숙제를 해치우느라 비밀 작전 수행하는 첩보원처럼 두 눈과 두 손을 무섭도록 재빨리 움직이는 아이, 하루를 이미 포기해 버린 듯 의자에 영혼 없는 육신만 걸쳐 놓은 아이.

"지금부터 들려주는 뉴스는 바로 너희 얘기다!"

그래도 아이들의 반응은 맨송맨송하다.

'I, E, A! 즉, 국제교육협의회란 데서 세계 36개국 청소년 14만 600여 명을 대상으로 설문한 국제 시민의식 교육 연구 자료를 토대로 '관계 지향성', '사회적 협력', '갈등 관리' 등 세 개 분야에 걸쳐 사회적 상호 작용 역량 지수를 알아봤

다. 그 결과 우리나라가 몇 등 했을 것 같냐?"

순간 여기저기서 불평불만의 중얼거림이 흘렀다.

"또 등수 얘기야? 아침부터 이런 얘기해야 속이 시원한가?"

"저게 무슨 우리 얘기야?"

"말 자체를 알아듣기가 어렵네. 누가 사회 선생님 아니랄 까 봐 만날 세계적, 세계 청소년."

"차라리 한국사 선생님이면 얼마나 좋을까!"

"조용해라!"

아이들의 입이 단번에 닫혔다.

"니들 반성 좀 해라. 우리나라가 완전 바닥이다, 바닥! 니 들 말로 하면 끝장났다, 끝장! 36개국 중 35위다!"

"선생님, 그게 우리 탓이에요? 그리고 무슨 말인지 잘 모 르겠어요!"

현호는 화도 나지만 정말 그 뜻을 알 수 없어서 크게 물었 다. 그러자 아이들이 '짱! 짱!', '빙고! 오케이!'라며 박수까 지 쳐 주었다. 기분 좋은 휘파람 소리도 들렸다.

"험험, 그러냐? 솔직해서 좋군. 그럼, 쉽게 설명해 주지. 우리나라 청소년은 다양한 이웃과 조화롭게 살아가는 사회 적 상호 작용 역량이 세계 최하위 수준이라는 거야. 지역 사 회, 학교 안에서의 참여도, 공동체와 외국인에 대한 견해, 분

쟁이 있을 때 민주적 해결 절차 등에서 전 세계 청소년에 비해 점수가 아주아주 낮다는 거지. 그런데 신기하게도 아니, 아이러니하게도 갈등의 민주적 해결 절차와 관련된 지식을 중시하는 갈등 관리 영역에서만 점수가 높았다고 한다. 이게 뭘 말하겠냐?"

"우리가 공부를 아주아주 열심히 한다는 거겠죠."

"머리로는 다 아는데 실천은 못한다는 건가요? 그런데 공부 때문에 실천 못하는 거잖아요. 우리도 학교만 다니는 생활이라면 못할 게 없다구요. 지구도 우주도 지킬 수 있어요!"

"결국 말은 잘하는데 행동은 빵점이란 거겠지 뭐 우리나라 대부분의 사람들이 그렇잖아."

아이들은 거침없이 내뱉었다.

"옳거니! 니들도 다 아는구나. 그런데 더 큰 문제는 다른 데 있다."

아이들이 잠시 눈을 반짝였다.

"정부와 학교에 대한 신뢰도 역시 현저히 낮았다는 거다. 정부를 신뢰한다고 답한 청소년은 20퍼센트로 36개국 평균치의 3분의 1에 불과해. 학교를 믿느냐는 질문에는 45퍼센트만 그렇다고 답했다. 그럼 학교 신뢰도의 전체 평균은 몇 퍼센트인 줄 아냐? 무려 75퍼센트다, 75퍼센트! 완전 우리나라는 불신 사회, 불신 학교, 불신 정부 상태지. 도대체 누가 누굴 믿고 살아야 하는 건지…… 가정에서 부부지간에 부모 자식 간에 믿음은 있는 건지…… 그리고 지금 내 앞에 앉아서 나를 선생님이라고 부르는 너희가 속으로는 나를 뭘로 생각하고 학교에 오는 건지…… 모든 게 정말 미스터리다, 미스터리!"

담임은 쓴웃음을 지었다.

"그래서 우리보고 뭘 어쩌라는 거지요?"

"우리가 무슨 죄를 지었나요?"

"교과부에서 무슨 공문 왔어요?"

몇몇 아이들이 심통 그득한 목소리로 말했다.

담임은 대답 대신 아이들의 얼굴을 찬찬히 바라보았다. 아니, 한 사람 한 사람 얼굴에 무언가 간절히 호소하는 눈길을 보낸 듯했다.

현호는 조금 지루하다는 생각이 들었다. 그리고 태수에 대한 걱정으로 담임의 말은 점점 귓가에서 멀어졌다. 그러다가 더운 여름날 귀찮고 짜증나게 하는 파리처럼 거슬리기 시작했다. 마침내 현호는 참지 못하고 아까처럼 한마디 했다.

"선생님, 사회적 상호 작용 역량 같은 건 우선 대학 들어간 다음에 고민하면 안 될까요? 일단 시험에 나오는 문제만 풀어 나가요. 그리고 학교나 정부에 대한 신뢰도 문제는 국가나 학교 담당 공무원한테 맡기면 되지 않을까요? 높으신 분들이 다 알아서 해결하시겠죠. 그런데 태수는 왜 학교에 안 왔나요?"

아이들은 또다시 휘파람 소리를 내고 박수를 쳤다.

담임은 얼굴빛 하나 변하지 않은 채 대답해 주었다.

"그래, 마음대로 해라. 공부에 지친 너희한테 별거 별거 얘기해서 뭐 하냐? 그래도 나는 선생이니까 너희가 듣든 말든 사명감을 갖고 최선을 다하고 싶다. 참, 태수는 아프단다."

"어디가요?"

현호가 다시 물었다.

"내 눈으로 안 봐서 모르겠다. 하지만 우리나라 학생들 결석 이유의 99.999999퍼센트가 아파서 아니냐? 아프다는 애한테 일일이 진단서 떼 오라고 할 수는 없잖아? 그것도 돈 들고 시간 드는 일인데. 참, 학생 기록부 보니까 태수가 너랑 절친이라며? 네가 태수 담당해."

"네? 무슨 담당이요?"

"멘토 하라고, 멘토. 아무리 어리다고는 해도 친구가 서로에게 제일 좋은 멘토지. 나도 그랬었고……."

"친구끼리 어떻게 그런 걸 해요?"

현호보다 지혁이가 따지듯 짜증 섞인 목소리로 재빨리 물었다.

"대단한 걸 하라는 게 아니야. 얘기할 시간을 좀 더 늘이는 것으로도 효과가 크니까. 자, 이리하여 30분은 우리에게 무언가 흔적을 남긴 듯하면서도 허무하게 다 지나갔구나. 그럼, 오늘도 축복 속에서 하루를 시작하길! 아니, 축복스러운 하루로 만들어 가길!"

담임은 교실을 나갔다.

현호는 재빨리 뛰어갔다. 현호는 복도에 마주 선 담임에게 태수와 티라노사우루스 이야기를 전했다.

"그래? 고맙다."

담임은 고개를 몇 번 갸웃하더니 돌아섰다. 어느새 쫓아온 지혁이가 현호의 등을 가볍게 쳤다.

"뭔 얘기한 거야?"

"태수하고 주고받은 문자 얘기."

태수는 마지막 수업 시간이 다 되도록 나타나지 않았다.

태수네로 가려던 지혁이와 현호는 학원 때문에 아쉬운 마음으로 서로 다른 방향으로 발길을 돌렸다.

'태수가 뭔가 신호를 보냈을 거야.'

두 친구는 다른 길을 걸어가면서도 같은 생각을 하며 휴대폰을 살폈다.

지혁이가 걸음을 멈추고 홱 돌아서서 휴대폰을 흔들며 소리쳤다.

"없어!"

"나한테도 없어!"

어느새 현호가 지혁이 쪽으로 달려오며 소리쳤다.

"우리한테 이러는 건 배신인데, 배신!"

"걸리면 전치 8주다!"

두 친구는 약속한 듯 태수의 휴대폰과 집으로 전화를 했다.

"죽어도 안 받네."

"죽었나?"

"공룡 얘기가 단서가 되지 않을까?"

"내 말이!"

두 친구는 한숨을 쉬고 체념하면서도 휴대폰을 닫지 못했다. 그때, 저만치서 지혁이가 다니는 학원 버스가 먼저 다가오고 있었다. 순간, 두 친구는 서로의 얼굴을 쳐다보았다.

'그래, 한 번인데, 딱 한 번!'

'가자!'

눈으로 말을 주고받은 두 친구는 뛰었다. 지혁이가 택시를 잡았다.

"너, 돈 있어?"

"기본요금 나와!"

지혁이가 소리쳤다.

두 친구는 택시에서 내리면서 새로운 고민에 빠졌다.

"현호야. 너희 집은 6층이고, 태수는 5층인데 너희 엄마한테 들키면 어떡해? 그리고 다른 아줌마들이 우리를 본다면? 엄마들은 학원 빠지는 걸 학교 빠진 거보다 더 못 참잖아……."

"그 생각을 못했네."

현호는 잠시 주변을 살피더니 말을 이었다.

"우선 아는 사람 없을 때 아파트 안으로 들어간 다음, 엘리베이터 대신 계단으로 가자. 어른들은 절대 계단으로 안 다니잖아."

"빙고!"

두 친구는 한동안 오가는 사람을 살피다가 A동 앞에 사람이 뜸해지자 전속력으로 뛰었다. 그리고 멈추지 않고 계단을 올라갔다. 가슴이 터질 듯한 가쁜 숨을 내쉬며 태수네 집 초인종을 막 누르려는데, 등 뒤에서 목소리가 들렸다.

"역시 의리의 친구들이네!"

태수였다.

7

모두, 아웃!

"배신자!"

현호와 지혁이는 동시에 소리쳤다. 그러나 숨이 가쁜 목소리는 촛농이 넘쳐흐르듯 바닥으로 힘없이 굴렀다. 태수는 어른처럼 두 친구를 지그시 쳐다보며 씩 웃기만 했다.

"멜코태수, 그런데 얼굴이 왜 그래? 잠 안 잤어?"

현호가 걱정스런 얼굴로 물었다.

"정말! 하루 사이에 완전 노인이 됐네. 환자 같기도 하고! 잠을 안 잔 게 아니라 못 잤군. 안 잔 거는 자발적인 불수면이지만, 못 잤다는 거는 상황에 의한 강제적인 불수면이거든. 지금 태수는 무언가 강제적 압박으로 수면을 방해받은 얼굴이야. 그러니까 결론은 태수의 지난밤은 요상했다는 거겠지?"

"와! 오랜만에 지혁이가 한 판 성공!"

현호는 박수를 쳐 주었다.

"배고파! 라면!"

태수네 집으로 들어서자마자 지혁이가 책가방을 소파에 내던지며 거실 바닥을 뒹굴었다.

"곱빼기!"

현호도 지혁이를 따라 했다.

태수는 다용도실에서 뜯지 않은 라면 한 상자를 들고 나왔다. 라면 잔치를 마친 세 친구는 그제야 제법 심각한 얼굴로 이야기를 나누었다.

"멜코태수, 너희 부모님 오실 때 되지 않았어? 그런데 이러고 있어도 돼? 우리 학원도 안 갔잖아……."

지혁이가 물었다.

"우리 부모님 오늘 안 와. 그러니까 자고 가도 돼."

태수는 베란다 너머 아직은 희미한 빛으로 감싸인 맞은 편 아파트를 바라보았다.

"뭔 소리? 친척 집 초상났어?"

지혁이가 화장실을 가며 물었다.

"왜?"

부른 배를 진정시키느라 비스듬히 누워 있던 현호는 소파에 등을 기대고 바로 앉았다. 잠시 뒤, 지혁이마저 자리에 앉자 태수가 말을 꺼냈다.

"맞아. 초상났어. 우리 아빠 회사 사장님 할아버지가 돌아가셨대."

"그런데 왜 네가 학교를 안 온 거야? 너 혹시 그 죽은 사장 할아버지의 숨겨 둔 손자? 그렇다면 너는 곧 재벌가의 손자? 그럼 이제 멜코태수가 아니라 재벌태수? 리치태수야?"

지혁이가 한쪽 눈을 찡긋하며 물었다.

"나도 그랬으면 좋겠다. 그럼 호주나 뉴질랜드로 가서 만날 오토바이 타고 요트 타고 경비행기 몰고 캥거루랑 달리기 시합하면서 놀고 싶다."

"그래서 내가 저번에 해적 이야기를 했던 거야. 짜식, 속으로는 나처럼 해방을 꿈꾸면서! 참, 빨리 말해 봐. 학원 빠지고 택시까지 타면서 막대한 금전적 학문적 효도적 피해를 무릅쓰고 여기까지 왔으므로 무조건 이유를 들어야겠어. 멜코태수, 자백해!"

지혁이 말에 현호는 고개를 끄덕였다.

태수는 한동안 머뭇거렸다.

현호 머릿속에 제 또래 남학생이 겪을 수 있는 다양한 일이 재빠르게 나타났다 사라졌다.

'여자 문제? 집에서 돈을 몰래? 성적 조작? 부모님한테 거 짓말을? 다른 친구들과 폭행?'

그때, 태수가 오른발로 현호 엉덩이를 툭 찼다.

"지니현호, 무슨 생각해? 난 다 알지. 네가 지금 무슨 생각 하면서 날 재단하는지!"

"내가 뭘? 뭘?"

현호는 당황하여 말까지 더듬었다.

"뭔데? 너희 둘만 아는 뭐가 있는 거야?"

지혁이가 두 친구를 번갈아 보며 물었다.

"내가 아주 간단, 심플하게 말할게. 나 싫어! 다 싫어졌거 든, 다 싫어!"

태수는 눈을 감고 고개를 세차게 흔들었다.

"싫다고? 다? 그럼 하나씩 말해 봐. 네가 싫어하는 거 1번 부터 말해 봐."

"……."

침묵이 흘렀다.

현호와 지혁이는 눈빛을 주고받았다.

'장난 아닌데?'

'정말 뭔 일 있는 것 같아.'

현호가 아주 조심스럽게 태수를 불렀다.

"태수야, 다 싫어? 그래도 우리는 괜찮은 거지?"

"……."

두 번째 침묵은 짧았다.

침묵 속에서 현호와 지혁이는 '너희 둘만 빼고!' 라는 경쾌한 태수의 목소리를 기다렸다.

"다 싫다고 했잖아! 너희는 뭐 별종이야? 이제 너희도 만나지 않을 거야. 오늘 저녁 라면이 마지막 만찬인 줄 알아라!"

"……."

세 번째 모두의 침묵은 무겁고 어두웠다.

거실 천정이 두텁ㄱ 시커먼 흙먼지로 혀이 덮여서 갑가기 숨이 막힌 듯 현호와 지혁이는 멍한 얼굴로 태수를 쳐다보기만 했다.

"가!"

태수는 단호하게 말하며 현관 쪽으로 갔다.

"가! 내가 연락할 때까지. 그런 날이 올지 모르겠지만 어쨌든 그때까지 아웃이야, 모두 아웃!"

태수의 얼굴이 달아올랐다. 얼굴의 근육도 심하게 일그러졌다. 난생 처음 보는 친구의 모습과 섬뜩하기까지 한 냉정한 말투에 현호와 지혁이는 책가방을 들고 일어났다. 그리고 지금보다 더 가혹하고 외로운 곳으로 추방당하는 사람들처럼 침통한 얼굴로 묵묵히 현관을 향해 걸었다.

– 왜? 왜 그러는 거야? 이유를 말해야 알 거 아니야?

– 우리는 비밀이 없잖아. 다 말해 봐. 뭔 말을 해도 하나도 안 놀랄 거니까.

– 너 진짜 배신 때릴래? 우리 친구 맞아?

– 이건 심각한 동맹 파기 죄야! 뭔 일로 화가 났는지 모르지만 우리한테 화풀이하려면 해. 다 받아 줄게. 얼마든지 해라, 해!

이렇게 따지거나 아니면 농담을 하거나 또는 가벼운 협박 따위를 두 친구는 전혀 하지 못했다.

아까와는 달리 도둑고양이처럼 한 발 한 발 주위를 훔쳐보며 A동에서 나온 두 친구는 아파트 단지 밖으로 나올 때까지 말이 없었다. 현호가 습관처럼 편의점 안으로 들어가려는데 지혁이가 붙잡았다.

"집에 가려면 아직 40분 하고도 한 타임 더 남았어. 지금이라도 학원으로 가자."

"난 지금 공부고 뭐고 안 될 것 같아. 엄마한테 맞아 죽는 한이 있더라도 집에 갈래."

현호가 풀 죽은 목소리를 했다.

114

"비어 맨! 힘내, 현호야. 네가 우리한테 자주 하던 말이잖아. 왜 그래? 너까지 멜코태수처럼 되는 거야?"

"뭐? 태수가 어때서?"

현호는 지혁이 얼굴 앞에 뜨거운 숨결을 뱉어 냈다.

"왜 이래? 태수가 좀 이상한 건 사실이잖아. 결국 멜랑콜 태수가 완전 멜랑콜릭이 된 거 아냐? 바보도 알겠다. 지금 태수는 정상이 아니야. 혹시 우울증 아닐까? 텔레비전에서 많이 나오잖아."

지혁이는 한 발 뒤로 물러서며 말했다.

"뭐? 대수가 우울증이라고? 니, 지금 날 나 했어? 그럼 태수가 정신병 환자란 말이야?"

현호 입에서 아예 화염이 쏟아졌다.

"그럼 아냐? 저게 정상이야? 오죽하면 우리가 멜코라고 불렀겠냐? 너도 그렇게 불렀잖아. 그동안 태수가 우리한테 말을 안 해서 몰랐던 거지. 아니면 우리를 속여 온 건지도!"

지혁이는 한 발 더 물러섰다.

현호는 지혁이 얼굴에 오른손 주먹을 댔다. 그러나 휘두르지는 않았다.

"닥쳐! 네 생각, 네 판단, 네 말, 다 네 자유야. 하지만 다시는 내 귀에 들리게 하지 마! 한 번만 더 그딴 식으로 말하면 나도 너 안 봐!"

"뭐? 브라더후드니 의형제니 하면서 삼국지에 나오는 것처럼 도원결의하자고 할 때는 언제고, 말 한마디에 다시는 안 봐? 정말 재수 뽕이다! 그래, 나도 너 안 본다. 여자애들도 이 정도로 유치하지는 않아! 잘됐어. 더 나이 들어서 깨지기 전에 일찍 깨져서! 내가 이럴 줄 알고 해적이 되고 싶다고 한 거야. 해적은 의리 하나는 끝내줄 테니까! 학교는 다녀야 하니까 널 안 볼 수는 없지만 절대 아는 체하지 않을 거다. 만약 그러면 난 사내자식이 아니라 개자식이다, 개자식! 퉤!"

지혁이는 휙 돌아서서 큰 거리 쪽으로 뛰어갔다.

현호는 한동안 지혁이의 걸음을 지켜보며 고민했다.

지금이라도 가서 지혁이한테 사과해야 하는데…… 하지만 태수를 그렇게 말한 건 너무 심했어. 내일 만나면 괜찮겠지. 전날 다투고 다음 날 웃으면서 만난 게 어디 한두 번인가? 괜찮겠지, 괜찮겠지…….

그러는 사이, 지혁이 뜀박질 소리도 사라지고 넓은 어깨와 함께 출렁이던 가방도 보이지 않았다. 현호는 다시 A동 쪽으로 발걸음을 돌렸다. 그런데 이상하게도 가슴이 뻐근하게 아파 왔다.

갑자기 이게 뭐지? 태수는 다시는 우리를 안 보겠다고 하고, 나는 지혁이한테 지혁이는 나한테 서로 다시는 안 보겠다고 협박을 하고…….

현호는 이럴 때 형이라도 있으면 의논해 볼 텐데 하고 생각했다. 그러나 형도 동생도 없다.

아빠? 아빠는 나보다 더 약하신 것 같아. 요즘엔 부쩍 힘들어하시고. 삼촌? 외삼촌? 모두 명절 때나 만날 수 있을 만큼 바쁘지. 담임한테? 하지만 태수가 알면 자존심 상하게 했다고 완전 원수 취급할 수도 있어. 나 같아도 그럴 거야. 그럼 어떡하라고? 엄마한테? 말도 안 돼! 아파트 부녀회에 알리는 꼴이지. 한 시간 안에 아파트 단지가 들썩일 거야. 어휴, 왜 난 멘토도 없지? 그냥 우리끼리 뭉쳐 다니기만 했지…….

현호는 엘리베이터를 탔다. 이제 엄마한테 두들겨 맞는 것쯤은 걱정되지 않았다. 6층 버튼을 누른 순간, 아파트 입구 밖에서 요란한 소리가 들려왔다. 119 구급차 사이렌 소리였다. 현호는 그 자리에 굳어 버렸다. 손가락은 5층 버튼 앞에서 얼어 버린 채였다. 그러는 사이에 엘리베이터 문이 닫혔다.

8

제발, 제발, 제발

현호는 부숴 버릴 듯이 버튼을 눌렀다.

그러나 이미 엘리베이터는 6층을 향해 올라가기 시작했다 현호의 머릿속이 하얘졌다. 모든 기억과 생각은 다 지워지고 오직 한 가지 불길한 추측만이 머릿속에 꽉 차올랐다.

'정말 태수의 뇌나 마음에 무슨 이상이? 아냐!'

현호는 고개를 세차게 저었다. 그럴수록 인터넷에서 봐 왔던 참혹한 장면이 선명하게 떠올랐다. 그 영상 위에 태수의 얼굴이 저절로 그려졌다.

눈을 감고 있는 태수.

온몸이 피투성이가 되어 숨을 쉬지 않는 태수.

아무리 아무리 불러도 대답하지 않는 태수.

빨리 학교 가자고 해도, 학원 버스가 떠난다고 해도, 야한

동영상 사이트를 알려 준다고 해도, 캐나다에 간 미미에게 연락한대도, 우리를 노예처럼 부려도 괜찮다고 말해도…… 웃지 않는 태수.

너무 많은 사람이 아니, 학생이 자살해서 이제는 신문에 나지 않는다고, 죽으면 너만 억울하다고 하소연해도 일어나지 않는 태수.

현호는 6층에 도착한 신호음이 들리자 얼른 1층 버튼을 눌렀다.

"제발, 제발, 제발, 제발, 제발, 제발, 제발, 제발, 제발, 제발, 제발, 제발, 제발, 제발, 제발……"

현호는 1층에 도착할 때까지 목이 타도록 기적의 주문을 외우듯 같은 말을 반복했다.

현호 예상대로 A동 앞은 시끄러웠다. 경비 아저씨와 아주머니들이 한 구급 대원과 이야기를 나누고 있었다.

"아저씨, 뭐예요?"

현호가 따지듯이 물었다. 그러면서도 차마 주변을 둘러보지 못했다.

"응? 응, 너구나. 나도 아직 뭔 일인지 잘 모른단다. 아마 누가 장난 전화한 것 같은데."

순간, 현호는 안도의 숨을 내쉬며 고개를 할 수 있는 한 길

120

게 내밀어 5층을 올려다보았다. 베란다 문은 닫혀 있었지만, 불이 환히 켜져 있어 현호는 그것만으로 안심이 되었다. 아주머니들은 혀를 차고 욕을 하며 장난 전화의 주인공을 성토했다. 그때, 아파트 안에서 구급 대원 한 사람이 나왔다.

"뭐래요?"

아주머니들과 경비 아저씨가 합창을 하듯 물었다.

"애들이 장난 전화한 겁니다. 우릴 아주 깜쪽같이 속였어요."

"몇 호 애들이에요?"

아주머니들의 두 번째 합창이 울렸다.

"그건 말할 수 없고요…… 엄마가 아파트에서 떨어져서 자살했다고 속인 거 아닙니까? 공부 안 한다고 때려서 그랬답니다. 아무리 그래도 그렇지. 멀쩡히 텔레비전 보는 엄마를 …… 겨우 초등학생이에요. 지금 그 녀석 엄마한테 개 맞듯이 맞고 있을 겁니다. 제가 그 아이보고 경찰서에 가야 간다고 겁을 줬더니 애가 완전히 떨면서 반성한 것 같더라고요. 그러니 어머님들께서도 자녀 교육 잘 시켜 주시길 부탁드립니다. 자칫 잘못하면 구속이거든요. 그럼 저희는 이만 돌아가겠습니다."

아주머니들은 대신 사과의 말을 수없이 쏟아 놓으며 범인을 색출하려는 듯 아파트를 올려다보았다.

"괜찮아요. 자살 사건만 안 나면 돼요."

한 아주머니의 말에 "아암!" 하며 세 번째 합창을 마무리한 아주머니들은 저마다 제 집으로 돌아갔다.

현호는 잠자리에 들어서도 고민에서 벗어나지 못했다.

누구한테건 태수의 상태를 말해야 하는 거 아닌가?

태수네 부모님은 전혀 모르시나?

현호는 이불을 머리 위까지 올렸다.

괜찮겠지, 괜찮을 거야…… 태수는 이제 사춘기가 시작된 건지도 몰라.

현호는 이불을 둘둘 말아 가슴팍에 안았다.

나도 친구 만나기 싫은 적 있었잖아. 그러다가 이틀도 못 돼서 내가 먼저 문자 하고 그랬잖아. 괜찮을 거야, 괜찮을 거야…….

이제 막 잠이 들려는데, 뭐지?

현호는 비몽사몽간에 눈을 떴다.

"현호야, 일어나 봐."

환한 불빛, 불길함이 감도는 날카로운 엄마 목소리에 현호는 저도 모르게 온몸에 소름이 돋는 듯했다.

"왜, 왜요?"

"솔직히 다 말해야 해."

"뭘요?"

"태수랑 지혁이, 마지막으로 만난 게 언제야?"

순간, 현호는 당황했다.

'아까 만났다고 하면 학원 안 간 게 들통 나서 죽도록 맞을 텐데. 지혁이랑 말을 맞출걸. 그렇다고 거짓말하면……'

현호는 당황함을 감추고 자신도 깜짝 놀랄 정도로 침착하게 말했다.

"태수요? 어저께까지 만났어요. 오늘은 학교에 안 왔고요. 부모님이랑 어디 갔나 봐요. 지혁이는 학교에서 봤고요. 나도 태수처럼 가끔 학교 좀 빠지면 좋은데. 물론 엄마가 좋아하는 학원은 안 빠지고요. 그런데 왜요?"

현호는 일부러 웃음까지 지었다.

'이렇게 말하면 아무 문제없겠지!'

현호는 자신만만한 얼굴로 엄마를 쳐다보았다.

"그래? 너 태수한테 뭐 들은 거 없어? 지금 태수네 집 난리 났어. 방금 태수 엄마한테 전화 왔는데, 태수 우리 집에 있냐고 찾더라. 지금 이 시간에 말이야!"

현호는 얼른 벽시계를 보았다.

새벽 1시가 조금 넘었다.

'아!'

현호는 저도 모르게 오른손으로 이마를 쳤다.

"왜 그래?"

엄마가 침대에 걸터앉았다.

'이젠 어쩔 수 없어. 맞아 죽더라도 사실대로 말해야 돼.'

엄마가 현호의 어깨를 잡고 흔들었다.

"다 말해. 뭐든. 엄마가 다 이해하고 다 들어 주고 다 용서해 줄게. 다 말해 봐."

웬일인지 엄마 목소리가 가늘게 떨렸다.

엄마는 평소에 썩 마음에 들지 않던 태수가 현호와 무언가 불량한 일에 관계되어 있을지 모른다는 짐작만으로도 가슴이 뛰었다.

죄인이 사제에게 속죄하듯 현호가 고개 숙여 한 대목 한 대목 말할 때마다 엄마 입에서 새벽의 검은 사신처럼 깊고 길고 어두운 한숨이 흘러나왔다.

계속되던 엄마의 한숨은 태수의 얘기가 끝날 때쯤에야 안도의 가쁜 숨으로 변했다.

"정말 그게 다지? 정말 거기까지가 다지?"

엄마 얼굴에 안심을 애써 감추려는 웃음과 아직은 충분

히 가시지 않은 불안감이 뒤섞인 묘한 빛의 그림자가 드리워
졌다.

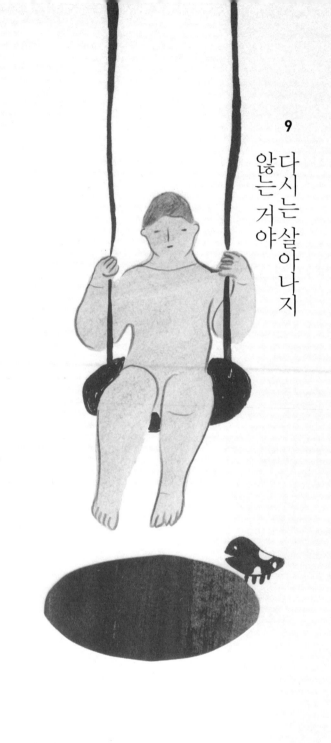

9

다시는 살아나지 않는 거야

4월 중순이지만 새벽 기운은 차가왔다.

태수는 온몸을 달팽이처럼 오므린 채 두 팔로 제 몸을 감싸 안고 울고 있었다. 얼마나 울었는지 태수의 울음소리는 낮고 거칠며 간간이 끊어지는 듯한 신음이었다. 2시는 새벽의 정점이라고 할 수 있다. 태수는 그 어둠과 추위, 적막의 한가운데에서 울음으로 아침을 재촉하는 사람처럼 어깨를 들썩였다.

그리고 이방의 주술사가 주문처럼 내뱉는 뜻 모를 말을 눈물처럼 쏟아 냈다. 그 기괴한 언어는 천정 높은 주차장의 사면 벽에 마구 부딪히며 산산조각 나 버렸다.

그러면서도 '내가 어때서, 내가 어때서, 내가 어때서……' 라는 말은 천천히 또박또박 발음했다. 그럴 때마다 눈물과 콧물이 뒤섞여 태수 입 안으로 파고들었다.

"이 세상에 내 마음을 알아주는 사람은 단 한 명도 없어. 그런데도 말을 하고 살아야 하다니! 그렇다고 내가 하루 종일 대단한 말을 하는 건 아니잖아? 고작 한다는 말이 학교 갈게요, 밥 먹기 싫어요, 밥 줘요, 안녕, 또 만나, 학원 버스 왔다, 내일 봐, 아빠 오셨어요, 엄마 돈 줘요, 피곤해요, 피자 시켜 줘요, 신상 운동화 사 줘요, 시험 봤어요, 성적 기대하지 말아요……."

태수는 주차장의 회색빛 천장을 올려다보며 비식 웃었다.

"그러니까 그깟 말 안 해도 살 수 있는 거 아냐? 정의를 위해! 자유를 달라! 독립 전쟁을! 혁명을 하자! 세계 평화를 위해! 뭐 이런 대단한 말은 할 일도 할 이유도 없이 지질하게 살다가 죽을 텐데…… 이렇게 한심한 나를 엄마랑 아빠는 하나뿐인 아들이라고 대단한 인간 취급하다니! 이거 보면 모르나?"

태수는 바지 주머니에서 작은 카드를 꺼내 시멘트 바닥 위에 펼쳐 놓았다. 열 장의 손바닥만 한 카드에는 공룡 그림이 그려져 있었다. 태수는 그것을 옆으로 길게 늘어놓고는 중얼거렸다.

"이렇게 화석이 되는 거야. 그래서 다시는 살아나지 않는 거야."

그러더니 바로 뒤쪽 벽으로 갔다. 태수는 주머니에서 검은 매직펜을 꺼내어 벽에 줄을 긋고는 소리 내어 숫자를 세기 시작했다.

"하나, 둘, 셋……."

웬만해서는 사람 눈에 보이지 않는 구석에 바를 정 자가 마치 레고로 쌓은 탑처럼 꼼꼼히 그려져 있었다.

"마흔여섯, 마흔일곱, 마흔여덟……."

숫자가 늘어날수록 태수의 얼굴에 점점 미소가 커져 갔다.

"아흔둘, 아흔셋, 아흔넷……."

태수는 침을 꿀꺽 삼키고 다시 숫자를 셌다.

"백이십구, 백삼십, 백삼십일!"

태수는 더 이상 숫자를 잇지 못한 채 두 주먹을 허공에 대고 흔들었다. 그러고는 이내 침울한 얼굴이 되었다.

태수는 기도하는 사람처럼 바를 정 자가 쓰인 벽 앞에 이마를 대고 서 있었다. 다시 눈물을 흘렸다. 다시 울음을 터뜨렸다.

"아무도 몰라. 내가 새벽마다 여기 와서 우는 걸 아무도 몰라. 이 숫자는 내 생명의 날이 하루씩 사라진다는 증거인데 아무도 몰라. 나한테는 아무도 없어. 나를 도와줄 사람은 이 세상에 아무도 없어. 엄마랑 아빠는 내가 공부하고 시험 보니까 내가 세상에 있는 줄 아는 거야. 선생님들도 내가 교실에 앉아서 공부하고 시험 보니까 내가 있는 줄 아는 거지. 친구들도 마찬가지야. 학교랑 학원에서 만날 성적 얘기하니까 내가 세상에 있는 걸로 아는 거지. 그러니까 시험이랑 성적이란 게 없으면 그 누구도 내 존재에 대해서 관심 없을 거야. 공부 잘하는 애들만 더 귀하게 여기고. 이젠 야동 보는 것도 자위하는 것도 지겨워. 나는 진짜 사람 냄새가 그리워. 진짜 사람살이 그리워. 사람 품에 안기고 싶어. 엄마랑 아빠는 언제부터인가 나를 안아 주지 않아. 손을 잡아 주지도 않아. 엄마랑 아빠는 혀로만 나를 상대해. 뱀 같은 혀야! 그 혀로 만날 같은 말만 하지. 공부해! 숙제했어? 성적은 시험 아니야? 학원 가! 과외 할 시간이야! 완전 오 종 세트야. 이 오 종 세트로 내 존재가 확인될 뿐이야.”

태수의 어깨가 심하게 흔들렸다.

그때였다. 바퀴 자국이 날만큼 요란한 소리를 내며 자동차 한 대가 주차장 안으로 들어섰다. 눈부신 전조등에 태수는 얼굴을 온통 찡그리며 자동차를 살폈다. 차체에서 뿜어 나오는 빛만으로도 은회색의 외제 자동차는 꽤 값비싸 보였다.

자동차에서는 한동안 아무도 내리지 않았다. 태수는 제 고민은 잊은 듯 자동차를 주시했다. 모든 유리창을 짙게 선팅한 자동차 안에서는 아무 소리도 들리지 않았다. 쪼그리고 앉아 있던 태수는 다리가 저려오자 천천히 일어나려 몸을 풀었다. 그 순간, 은회색 자동차의 운전석 문이 열렸다.

"헉!"

태수는 저도 모르게 몸을 낮추며 최대한 머리를 숙였다. 태수는 죄지은 것도 없이 가슴을 졸였다. 하지만 오그라진 가슴은 금방 풀어지며, 또 다른 두근거림으로 가볍게 조여들었다. 자동차에서 내린 여자 때문이었다.

펼치면 세수수건보다도 작을 듯한 다크블루 빛 스커트 아래로 난 긴 다리. 은빛 스타킹에 감싸인 두 다리는 걷기에 아슬해 보이는 검은 하이힐 위에 은빛 사다리처럼 서 있었다.

태수는 저도 모르게 침을 꿀꺽 삼켰다. 오늘처럼 태수의 눈을 황홀하게 하는 사람은 처음인 탓이다. 만날 학교에서 학원, 그리고 집으로 아기 다람쥐처럼 뱅뱅 돌고 도는 태수에게 여자의 몸매는 컴퓨터 동영상 속에서나 본 듯한, 말 그대로 판타지가 현실로 이루어진 듯했다.

'대단한 은빛 사다리야. 우리 학원 여자애들 다리는 핫도 그지'

은빛 사다리는 그대로 땅바닥에 내동댕이쳐질 듯 위태롭

게 비틀거렸다. 리모컨으로 자동차 문을 잠근 여자는 검은
하이힐을 힘겹게 한 발 한 발 움직였다.

태수는 저도 모르게 여자 쪽으로 한 걸음 한 걸음 다가갔
다. 어떤 성적 호기심만은 아니었다. 너무도 외로운데 누군
가 내 도움을 필요로 하고 있다는 생각에 마음이 두근거리기
까지 했다.

'저런 다리는 무조건 도와줘야 해!'

인터넷이나 텔레비전을 통해 늘 접하는 소식에는 가난과
질병으로 고통 받는 이웃을 돕자는 말이 빠지지 않는다. 학
교에서 반강제로 읽으라고 권하는 책은 함께 잘 사는 사회를
만들자는 내용이 대부분이다. 아이들은 그런 책 읽기를 달가
워하지 않는다.

 - 도와? 누가 누굴 도와? 정작 도움 받을 사람은 우리야!
얼굴이랑 몸매 재탄생시키고 성적도 올리고 꿈도 확 수정하
려면 도움 받지 않고는 불가능해. 우리 힘이나 능력으로 하
나도 할 수 없다고!

 - 당장 세계가 멸망해도 내 성적이 더 문제라고. 내가 지지
리 복잡인데, 누굴 도와? 웬 세계 평화?

 - 하루 스물네 시간 꿈속에서도 공부만 하라면서 누굴 도
우라는 거야? 학교랑 학원만 순례하는데 어떻게 도우라는

거야? 과외나 학원이 아니면 인간이라곤 만날 수 없는데 어쩌라고!

그런데 눈앞에 진짜로 내가 도와줄 사람이 있다!

태수는 진심으로 여자를 도와주고 싶었다. 가느다란 은빛 사다리가 부서질 것 같아서였다. 여자를 지켜 주고 싶었다. 여자를 붙잡아 주고 싶었다. 여자가 아파트 입구가 아닌 벽을 향해 가고 있었다.

"누나, 아니 저기요……."

태수는 바닥에 카드를 늘어놓은 채 여자에게 다가갔다.

여자가 멈춰 서서 태수를 쳐다보았다.

"느우우누냐아, 너어언?"

여자의 혀는 다시는 풀리지 않을 듯 심하게 뒤틀렸다.

"누나, 아니…… 입구는 저쪽인데요."

"너어도오 나암자아냐?"

"네? 아…… 네. 남자예요."

"너어 이러언 마알 알아? 스무우우사알이면 나암자아를 알 시이가안……."

여자는 히스테릭한 웃음을 터뜨렸다.

태수는 여자를 잡으려던 두 손을 슬그머니 내렸다.

"자알 들어라아. 나암자들은 세에계에 사암 대에 악 중 하나야아. 처어 번째에 악은 또오옹이고오, 두우 버언째에 악은 바아앙귀이이고, 세에 버언째에에 악은 나암자아야. 그으러어니이까아 나암자는 또오옹이요, 바아앙귀라아는 거어어지…… 맞지? 내에 마아알이 맞지?"

여자는 '맞지?'라는 단어는 아주 명확하고 크게 발음했다.

"네? 남자가 똥이고 방귀라고요? 그럼 여자는 뭐예요? 오줌이랑 트림인가요?"

태수는 진지하게 물었다.

"시꺼! 토 다알지 마아!"

"그래도 그건……."

"시이끄러업다아고 했지?"

"그래도……."

태수는 어느새 선생 앞에 선 학생처럼 절절맸다.

"자안말 마알고 그으러어니까아…… 너! 너! 너 나암자아! 너 꺼어져어! 아참! 너는 꼬마니까 이 또오옹 새끼! 이 바아앙귀 새끼! 꺼어져어!"

여자는 멍하니 서 있는 태수를 힘껏 밀쳤다.

"윽!"

태수는 그대로 쓰러지며 주저앉았다.

여자는 요란한 하이힐 소리를 내며 입구 쪽으로 걸었다.

태수는 주저앉은 채 한동안 여자의 뒷모습을 바라보았다.

스무 살? 5년 뒤 내 나이잖아? 겨우 5년 뒤…….

태수는 머리를 저었다.

그런데 여자가 갑자기 소리를 질렀다.

"강도야!"

태수는 깜짝 놀랐다. 그리고 주위를 둘러보았다. 강도? 그러나 아무도 보이지 않았다. 주차장으로 들어오는 자동차 소리도 들리지 않았다. 그럼 내가 강도? 태수는 얼른 일어났다.

"나, 나는 강도가 아, 아니라 학, 학생이에요."

태수는 당황하여 말을 더듬거렸다.

"까고 있네! 다아아알아! 내가 봐아주울지 알아! 다 알아! 내가 봐줄지 알아!"

여자의 혀는 그새 제자리를 찾아가는지 발음이 점점 확실해졌다.

"기다려!"

여자는 아파트 내부로 들어가는 문을 거칠게 여닫고는 사라졌다. 요란한 문소리가 주차장을 몇 번씩 휘감고 나서야 조용해졌다.

태수는 공룡 카드를 늘어놓은 자리로 돌아왔다.

5년 뒤에 내가 살아 있을까? 5년 뒤에도 새벽마다 여기 와서 울고 있는 건 아닐까? 그래서 아파트 주차장 모든 벽에 바를 정 자를 더 이상 그릴 수 없게 되는 건 아닐까? 5년 뒤에도 밤마다 자위를 하면서 잠이 드는 건 아닐까? 애들 말로는 자위를 많이 하면 폐병 환자처럼 하얗게 말라 간다고 하던데…… 해골처럼 말라서 죽어 가는 건 아닐까? 그런데 저 여자는 처음 보는데, 이사 왔나?

태수는 잠깐 꿈을 꾼 듯했다. 너무 울어서 헛것을 봤나 싶었다. 그러면서도 '스무 살'과 '5년 뒤'라는 두 단어를 놓지 못했다. 문득 담임의 말이 떠올랐다.

'여하튼 오늘은 이거 하나만 생각해라. 디스 타임 라스트 이어, 디스 타임 넥스트 이어(at this time last year, at this time next year).'

태수는 어린아이처럼 오른손 엄지손가락부터 차례대로 접었다.

하나, 둘, 셋, 넷, 다섯.

태수는 주먹을 꽉 쥐었다.

1년, 2년, 3년, 4년, 그리고 5년.

태수는 주먹을 폈다.

그럼…… 디스 타임 넥스트 이어 대신 디스 타임 애프터 파이브 이어인가?

태수는 바닥에 늘어놓은 카드를 한 장 한 장 물끄러미 내려다보았다.

그래, 내가 누굴 도우겠어? 내가 뭘 하겠어?

태수는 바닥에 앉아 카드를 모았다.

5년 뒤? 아니, 5일 뒤에 내가 살아 있을까?

열 조각의 공룡이 합체해 하나의 티라노사우루스가 된 카드를 주머니에 넣은 태수는 집을 향해 걸었다.

10

태수가 우울증?

"엄마!"

현호는 숟가락으로 종이가 붙은 벽을 가리키며 소리 질렀다.

"엄마, 이게 얼마나 무서운 뇌 고문인 줄 알아요?"

"뇌 고문?"

엄마는 현호의 밥 위에 갈치구이 한 점을 올려놓으며 눈을 크게 떴다.

"네, 그럼 이게 뇌 고문이 아니고 뭐예요? 앞으로는 벽에 아무것도 붙이지 마요. 내 스타일은 아니지만 차라리 꽃병을 놓는 게 낫겠어요. 엄마가 붙여 놓는 이런 글 때문에 뇌가 오글오글 졸아드는 것 같아요. 전혀 도움 안 되거든요."

"뭐? 나도 니들 식으로 표현해 볼까? 헐! 이런 게 바라봄의 법칙이고, 긍정의 힘이 돼서 꿈꾸는 옥탑방 역할을 하는 거야. 그런데 뇌가 졸아든다고? 네가 무슨 강된장이니? 졸아들게?"

엄마는 억울함이 그득한 두 눈으로 현호를 쏘아보았다.

"참, 태수는요? 어저께 어떻게 됐어요?"

현호는 얼른 말머리를 돌렸다. 엄마는 정신없이 현호의 말꼬리를 따라왔다.

"우울증이라더라."

엄마는 비밀 이야기를 하듯 목소리를 낮췄다.

"우울증이요?"

"그래."

현호는 지혁이와 자신의 우려가 현실이 된 것 같은 공포감에 저도 모르게 숟가락을 꽉 쥐었다. 아파트에서 일어난 소동을 오해한 것처럼 '우울증 = 자살'이라는 극단적인 생각이 현호를 짓눌렀다. 엄마도 마찬가지인 듯했다.

"그래서 오늘은 마음을 잘 다스리며 살자는 내용으로 붙인 거야. 그런데 넌 잘 알지도 못하면서 뇌 고문?"

"엄마, 정말이에요?"

"아직 확실하지는 않지만 새벽에 태수 엄마랑 나눈 이야기를 정리하면 그런 것 같아."

"같다고요? 엄마가 무슨 같기도 신자예요? 어쨌든 태수가 집에 돌아온 건 확실하죠?"

"그래. 새벽마다 몽유병 환자처럼 집 나가는 게 하루 이틀이 아니라던데. 어젯밤에는 새로 이사 온 여자가 신고를 해서 주차장 시시티브이를 돌렸나 봐. 그런데 거기에 하루도 안 빠지고 태수가 등장하더래. 니들은 만날 삼총사라고 폼 재고 다니면서 태수가 그런 것도 몰랐니? 정말 큰일 날 뻔했어."

그러면서 엄마는 혀를 찼다. 현호는 그 소리가 꽤 거슬렸다. 태수를 걱정해서가 아니라 태수로 인해 발생되는 악영향이 아들에게 미칠 뻔했다는 염려인 걸 알기 때문이다. 현호는 엄마 말이 더 심해지기 전에 다른 얘기를 꺼내려고 했다. 그때, 엄마의 말머리가 요란한 소리를 내며 재빨리 끼어 들어왔다.

"그러니까 당분간은 태수를……."

순간, 현호는 숟가락을 거칠게 식탁 위에 내려놓으며 말했다.

"태수를 어쩌라고요? 멀리하라고요? 태수가 우울증이라고 해도 그건 장티푸스나 말라리아나 결핵처럼 전염병은 아니잖아요?

"차라리 그런 병이 낫지! 진단도 치료도 확실하고 약도 확실하니까! 하지만 우울증은 눈에 보이지 않게 마음에서 마음으로 전염되는 병이잖아! 어쨌든 수학 과외는 해체야. 아직 태수 엄마랑 얘기한 건 아니지만. 그리고……."

엄마는 숨을 고르더니 말을 이었다.

"앞으로 태수랑 어울리지 마. 아침에 뉴스 볼 때마다 끔찍하다. 알았지?"

현호는 대답 대신 식탁을 떠났다.

"엄마를 뭐라고 원망하지 마. 나만 이러는 게 아니야. 부모 마음은 다 같은 거야. 언젠가는 너도 이해하겠지. 성인 우울증이든 청소년 우울증이든 다 무서운 거야. 아아, 끔찍해라. 너, 저번에 텔레비전에서 본 프로그램 생각나니? 중학생 친구 둘이 있는데, 한 친구가 한쪽 다리를 심하게 절었잖아. 그러니까 두 다리가 괜찮은 친구가 언제부터인가 자기도 다리를 저는 거 말이야. 병원에서도 아무 이상 없다면서 친구를 위해서 일부러 그렇게 된 거라고 했잖아. 엄마는 그런 의미에서 태수를 멀리하라는 것뿐이야. 네가 우울증이었대도, 태수 엄마나 지혁이 엄마는 토씨 하나 안 빼놓고 나랑 똑같이 말했을 거야. 그러니까 내가 나쁜 엄마가 아니란 말이야!"

현호는 신발을 신으며 속으로 대꾸했다.

'누가 엄마보고 나쁘다고 했어요? 못됐다는 거지요!'

호기롭게 집에서 나왔지만 엘리베이터를 타는 순간 눈물이 핑 돌았다. 아침마다 피식 웃으며 '지니현호, 안녕!' 하고 시니컬하게 웃던 태수. 간밤에 뒤져 본 야한 동영상을 말로 리플레이 하며 히죽거리던 태수. 잠도 안 자고 매일 인터넷 세상에서 지구의 모든 것을 찾아본다는 태수. 잘 웃지도 않고 늘 핏기 없는 얼굴인 태수를 걱정하기는커녕 '멜코태수'라고 별명을 붙여 준 현호는 자신이 너무 미웠다.

'태수는 지금 어디에 있을까? 아침 일찍 강제로 병원에 끌려갔을까?'

현호는 태수에게 전화를 했지만 전화기가 꺼져 있다는 소리만 되풀이되었다.

"현호야, 아까부터 기다렸어!"

1층에 내리자마자 지혁이 목소리가 들렸다. 지혁이는 어깨에 멘 백팩 끈을 아이처럼 양손으로 잡고 깡충거렸다.

"전화하지."

"지금 분위기 완전 최악이라 그럴 용기도 안 나더라. 태수 얘기 들었지? 우리 엄마가 그러는데 앞으로 태수도 수학 과외도 깩! 할 거라며?"

지혁이는 한 손으로 제 목을 두 번 치는 시늉을 했다.

현호는 앞서 걸으며 고개를 끄덕였다.

"그래서 내가 해적이 되고 싶다고 한 거야."

"그게 태수랑 무슨 상관인데?"

현호가 걸음을 멈추며 물었다.

"너 우울증 걸린 해적 봤어? 군인은 우울증 걸려서 죽기도 하니까 뉴스에 나오잖아. 하지만 해적은 그런 게 없어. 왜냐고? 첫째, 취직이나 승진 걱정 없지. 둘째, 가족이 없으니까 갈등 겪을 일이 없지. 셋째, 잘난 놈들 눈치 볼 필요 없지. 그러니까 우울증에 걸릴 일이 없다니까. 이번 기회에 태수를 해적으로 취직시켜야겠어."

지혁이는 실실 웃으며 말했다. 순간, 현호는 오른손으로 지혁이의 멱살을 잡았다.

"야, 장난하냐? 지금 장난이 하고 싶어? 이 상황이 장난으로밖에 안 보여? 그렇게 재밌어? 재밌냐구?"

"캑! 현호야, 캑캑…… 내 마음 다 알면서 왜 그래? 내가 지금 좋아서 이러는, 캑, 거야? 캑캑, 이것 좀 놔, 캑……."

지혁이는 벌게진 얼굴로 사정했다.

"뭐? 내 마음 다 알면서? 아침부터 왜 이러는 거야? 왜 우리 엄마나 너나 자기 마음만 알아 달라는 거야? 태수 마음은 알지도 못하고, 알려고도 하지 않으면서! 태수 안 만나고 과외 같이 안 하면 평화롭게 살 수 있다는 거야?"

현호는 멱살을 풀며 다시 앞서 걸었다.

지혁이는 손으로 제 목을 비비고, 옷매무새를 고치며 멍하니 현호의 뒷모습을 바라보았다. 멱살을 잡혀서가 아니라 현호가 멱살을 잡았다는 게 놀라울 뿐이었다. 단 한 번도 주먹으로 친구를 제압해 본 적 없는 현호다. 그런데 오늘 현호의 일탈 아닌 일탈의 첫 상대가 자기라는 사실에 지혁이는 오히려 기분이 좋았다.

'그래! 우리 둘 다 심각하거나 둘 다 방방 뛰면 재미없지. 심각한 놈도 있고, 방방 뛰는 놈도 있어야 재미있지, 그리고 현호, 너도 이제 슬슬 사나이가 되어 가는구나. 그래야지 해적 자격이 있지!'

지혁이는 백팩 끈을 양손으로 단단히 잡고 뛰었다.

"현호야, 미안해! 같이 가자!"

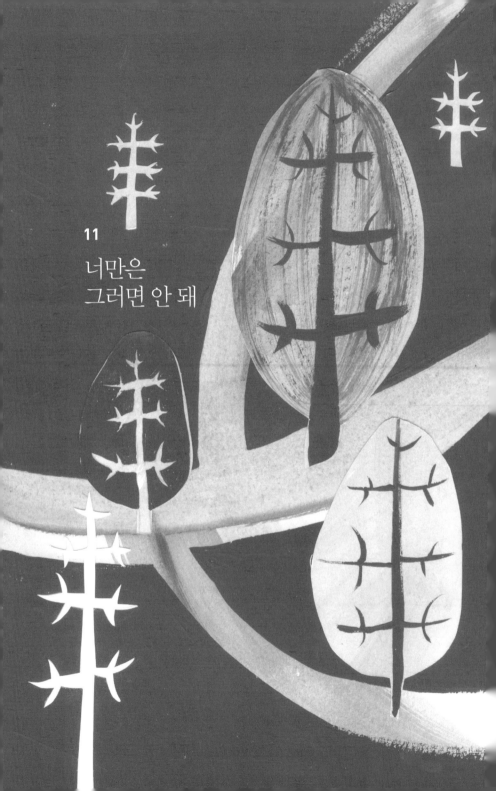

11
너만은
그러면 안 돼

"정말 기가 막히다 못해 억울해서 가슴이 터질 것 같아요. 이 세상에 누가 내 마음을 알아줄까요!"

태수 엄마는 오른손 주먹으로 가슴을 치며 말했다. 울음 섞인 목소리는 가슴을 치는 주먹 소리만큼이나 둔탁하고 작았다. 태수네 안방에 앉아 그 모습을 지켜보는 두 엄마의 눈도 충혈되었다.

"태수 엄마, 우리가 있잖아요."

"그 마음 우리가 백 번 천 번 알지요."

지혁이 엄마가 태수 엄마의 손을 잡으며 말했다.

"도대체 이게 무슨 일이에요. 원인은 나왔나요?"

현호 엄마가 손수건으로 눈물을 닦으며 물었다.

"기가 막히고 억울해서……."

태수 엄마가 긴 탄식을 내뱉고는 말을 이었다.

"한마디로 태수 마음속에 아무것도 없대요. 뭘 갖고 싶고, 하고 싶은 작은 욕심도 없대요. 슬픔도 기쁨도 심지어는 분노까지도 없대요. 말 그대로 그냥 생존을 위해 심장이 뛰는 것뿐이래요."

"아니, 그러니까 그렇게 된 원인이 뭐라는 거죠?"

현호 엄마가 빠른 목소리로 되물었다.

"내가 너무 억울해서…… 그게 다 우리 부부 탓이라는 거예요."

"네에?"

두 엄마가 동시에 소리를 지르다시피 했다.

"낮추세요."

태수 엄마가 방문 쪽을 눈으로 가리키며 말했다.

"약 먹고 잠든 것 같지만 워낙 예민해서 일어날지도 몰라요."

두 엄마는 순한 양처럼 고개를 끄덕이며, 안방 문을 바라보았다. 문을 꼭꼭 닫듯 입도 닫아 버렸다.

"태수를 상담한 의사가 그러는데 우리 부부가 원인이라는 거예요. 이게 무슨 소리냐구요? 두 분도 알다시피 태수 성적이 상위권은 아니지만 우리는 한 번도 애 기죽이는 말은 하지 않았어요. 너는 크게 될 애다, 너는 잠재 능력이 대단한 사람이다, 엄마 아빠는 욕심 없다, 그저 너 하나 잘되는 걸로 만족한다, 그랬어요."

태수 엄마는 답답한 듯 다시 가슴을 서너 번 쳐 댔다.

"그 정도 말이야 대한민국 부모치고 안 하고 사는 사람들이 어디 있어요! 태수 엄마 정도면 교양 넘치는 수준이죠. 나는 시험 볼 때마다 우리 지혁이를 아주 잡거든요."

지혁이 엄마는 웃음을 터뜨렸지만 금방 손으로 입을 가렸다.

"그럼요. 난 우리 현호를 세뇌 교육시키는 정도예요. 현호는 내 일굴만 봐도 지긋지긋할 걸요. 단지 사람마다 성격이나 기질이 달라서 태수가 예민하게 반응하는 거겠죠."

두 사람 말에 태수 엄마는 기운을 얻은 듯 조금 전보다 힘이 들어간 목소리로 말을 이었다.

"그렇죠? 내가 그렇게 잘못 키운 게 아니잖아요? 그런데도 의사는 내가 태수를 너무 힘들게 했다는 거예요. 그러니 어쩌겠어요? 우선은 애를 살려야 하니 의사가 시키는 대로 해야죠. 정말 이러다가는 내가 우울증 걸릴 판이에요. 의사도 나보고 태수랑 같이 치료받으라고 하더라구요."

"아니, 왜요?"

"태수 엄마도 무슨?"

두 엄마가 물었다.

"나한테 무슨 문제가 있는 건 아니지만 태수랑 함께 상담받으면 치료에 훨씬 도움이 된다고 하더라고요. 그런데 태수도 태수지만 자꾸 억울한 생각에 너무 슬퍼져요. 나는 태수를 위해 인생을 다 걸고 살아가는데…… 말 그대로 내 인생 올인 했는데…… 그 결과가 이런 거라니…… 나는 정말 억울해요. 이래서 도대체 엄마 노릇 하겠어요? 우리 엄마는 우리 형제 다섯을 키웠어도 이런 마음고생은 전혀 안 하셨는데."

태수 엄마의 두 눈에서 쉴 새 없이 눈물이 흘렀다. 현호 엄마가 손수건으로 닦아 주려 하자 냉정할 만큼 빠르게 고개를 돌렸다.

"그런 식으로 말하면 대한민국 중학생들 죄다 우울증 걸려야 되는 거 아니에요? 너무 풀어 줘도 문제, 너무 간섭해도 문제! 가만있어 봐. 정작 우울증 걸릴 사람은 부모잖아요. 아니지, 대한민국 부모랑 중학생은 몽땅 집단 우울증 환자란 말이네! 이거 원 의사만 돈 벌게 생겼네. 우리 지혁이한테 이참에 정신과 의사나 되라고 강요해야겠어요."

지혁이 엄마는 말끝에서 또 웃음을 터뜨렸다. 방문 쪽을 바라보며 한 손으로 입을 막았지만 어깨가 심하게 흔들렸다.

현호 엄마는 살짝 웃으며 생각했다.

'지혁이가 엄마를 닮았구나……'

그때, 태수 엄마가 코를 풀고는 다시 말했다.

"우선 6개월 정도 약을 먹어야 한대요. 마음의 병인데 약으로 다스린다는 게 아이러니하지만…… 그래도 아주 심해지기 전에 발견해서 다행이라고 하네요. 그래서 말인데요, 수학 과외는 다음으로 미루지요. 미안해요. 우리 때문에……."

"과외를 그만둔다구요! 학교를 그만두는 것도 아닌데 공부는 해야 하잖아요?"

"공부도 공부지만 친구들을 못 만나서 태수가 더 힘들어지는 게 아닐까요?"

두 엄마는 꺼내기 힘든 말을 태수 엄마가 먼저 해 준 게 천만다행이라고 생각하면서도 말은 애정 넘치게 했다.

"그렇게들 말해 주니 정말 고마워요. 태수는 앞으로 며칠 동안 학교를 쉴 거예요. 그런데 글쎄…… 이것 좀 보세요."

태수 엄마가 가방에서 심하게 구겨진 종이 한 장을 꺼냈다.

"이게 뭐죠?"

두 엄마는 종이를 편편하게 매만지며 내용을 살폈다.

```
┌─────────────────────────────────────────────┐
│                  서 약 서                    │
│                                             │
│  보호자 ＿＿＿＿는 학생＿＿＿＿에 대한 담당 교사의 소견 및 │
│  상담과 치료 안내를 충분히 숙지하고 수용하였으며, 만일 이 │
│  에 따르지 않을 경우 발생하는 어떠한 결과에 대해서도 학교 │
│  나 담임 교사에게 민사상ㆍ형사상 등 여하한의 이의나 소송을 │
│  제기하지 않을 것을 서약하겠습니다.                  │
│                                             │
│                       20＿＿년 ＿＿월 ＿＿일      │
│                       담임 교사 ＿＿＿ (인)       │
│                       보호자   ＿＿＿ (인)        │
│                                             │
└─────────────────────────────────────────────┘
```

"아니, 어떻게 이런…… 결국 학교는 아이들을 일절 책임지지 않겠다는 거 아닌가요?"

"이건 뭐 응급 수술 동의서도 아니고. 기가 막혀서……."

두 엄마는 부르르 떨기까지 했다.

"난 이걸 보는 순간 희망이 사라졌어요."

태수 엄마는 다시 종이를 가방에 넣었다.

"부모한테도 한계가 있는 건데 학교에서 이런 식으로 나오면 어떡해요?"

"청소년 문제는 국가에서 도움을 줘야 하는 거 아닌가요? 애 낳을 때 이삼십만 원 주는 게 대수가 아니잖아요."

두 엄마는 태수 엄마에게 하소연하듯 말했다.

태수 엄마는 비식 웃었다.

"그래도 어떡해요. 현실은 현실이니…… 내 자식은 내가 살려야죠. 내일 우리 세 식구는 제주도에 있는 언니네 집으로 여행을 가요. 이런저런 대화를 하며 서로 마음속 응어리를 풀어내고 오려고요. 그나저나 하루만 못 만나도 상사병 날 것 같은 삼총사인데 며칠씩이나 어떡해요. 의사가 친구들과 즐겁게 지내면서 마음속 이야기를 다 하는 게 중요하다고 했는데. 참, 이건 간절한 부탁인데요……."

태수 엄마의 말에 두 엄마는 긴장했다.

'부탁? 이 상황에 무슨 부탁이지?'

두 사람은 같은 생각을 하며 태수 엄마를 쳐다보았다.

"두 분 모두 우리 태수를 이상하게 생각하지 말아 주세요. 그러니까 예전처럼 아니, 그전보다 더 친하게 세 아이들이 지낼 수 있도록 도와주세요."

"그, 그럼요. 우리 애한테 그런 일이 생기지 말란 법이 있나요? 염려 마세요."

"별걱정을…… 그리고 어디 우리가 만나지 말라고 한다고 안 만날 애들인가요? 요즘 애들은 가족보다 친구랑 더 소통이 잘되잖아요."

두 엄마는 껄끄러운 마음을 감추려는 듯 어색한 미소를 지었다.

"너무 고마워요."

태수 엄마는 또다시 눈물을 흘렸다.

두 엄마는 이번에도 사랑이 가득한 연기를 펼쳤다.

"맞아요. 태수랑 지혁이랑 우리 현호는 친형제나 다름없는걸요."

"언젠가 애들끼리 하는 말을 들었는데, 나중에 결혼해도 같은 아파트에 나란히 살자고 하더라고요. 에휴, 그런데……."

두 엄마 말에 태수 엄마의 얼굴은 눈물로 이미 홍수를 이루었다.

태수네 집에서 나온 두 엄마는 장을 보기 위해 아파트 근처에 있는 대형 마트로 갔다.

"현호 엄마, 그거 알아요?"

지혁이 엄마가 세탁용 세제를 카트에 담으며 물었다.

"뭘요?"

현호 엄마도 세제를 집어 들었다.

"나는요, 우울증 같은 거 걸리고 싶어도 못 걸리겠어요."

"왜요?"

"생각해 봐요. 내가 우울증 걸렸다고 잠도 안 자고, 말도 잘 안 하고, 하루 종일 방 안에 누워 있으면 당장 지혁이 아빠가 달라질 거예요. 잘못하다간 바람! 바람날지도 모르잖아요. 여자들은 남편이 병이 생기면 목숨 바쳐 보살피지만 남자들은 어디 그런가요? 한 사나흘 돌봐 주다가는 그대로 지쳐 버리지요. 남자들은 근본적으로 누굴 케어, 그러니까 돌봐 주는 DNA가 없는 것 같아요. 팔구십 살이 되어도 늘 애처럼 보호받기를 원하지요. 왜 하나님은 남자를 그런 존재로 만들었는지 모르겠어요!"

지혁이 엄마는 라면 상자 두 배 정도 되는 크기의 두루마리 휴지 한 팩을 카트에 힘들게 담으며 얼굴을 찡그렸다.

"듣고 보니 정말 맞는 말이네요! 그리고 또 다른 이유는요?"

현호 엄마는 사은품으로 두 개가 더 붙어 있는 키친타월을 카트에 담았다.

"역시 남자란 종족인 지혁이죠. 지혁이가 딸이라면 나를 걱정해 주고 돌봐 줄 테지만, 아들이잖아요, 아들! 아들은 영원히 받들어 모실 대상이지 엄마에게 사랑을 베풀어 주는 존재가 아니라구요. 하지만 딸은 안 그렇잖아요. 늘 엄마와 소통하고 여차하면 엄마를 돌봐 주잖아요."

155

"정말 다 맞는 말이네요. 우리는 우울증 안 걸리게 정신 똑바로 차리고 살아야 되겠어요. 남편이랑 아들 눈 밖에 안 나려면요."

"그래야죠. 엄마는 죽는 순간까지 안 아픈 척 안 죽는 척 해야 한다니까요. 아, 이럴 줄 알았으면 딸 하나는 꼭 낳았어야 했는데, 이런 세상이 올 줄 누가 알았어요? 어렸을 때는 딸이라고 대접 못 받고, 이제 와서는 아들 있는 집이라고 누가 칭찬해 주기나 하나요? 요즘 딸 둘 가진 집은 대박이라니까요."

"그럼 우리처럼 아들만 있는 집은 뭐죠?"

"뭐긴요, 피박이죠, 피박!"

"피박이요?"

두 엄마의 허한 웃음소리가 높은 대형 마트의 천정으로 쓸쓸하게 흩뿌려졌다.

"그나저나 태수는 어떡하죠?"

"그러게 말이에요. 남의 일이 아니에요. 우리 지혁이나 현호한테 언제 그런 일이 생길지 누가 알겠어요? 정말 솔직히 말해서 태수가 뭐가 아쉬워서 우울증에 걸린 건지 도저히 이해가 안 돼요. 도대체 애들 비위를 어떻게 맞추라는 거지요? 중고등학교 때에는 어디 먼 섬나라 같은 데, 완전 무공해 청정 지역, 텔레비전도 휴대폰도 컴퓨터도 없는 거의 무인도 같은 데에 보내서 공부하게 하는 제도가 있으면 좋겠어요. 그럼 애들 정신 건강에 좋고, 성적도 올라갈 거고, 부모는 속 썩지 않을 거 아니에요. 어디 우울증 같은 게 감히 생기겠어요? 아이들을 섬으로 보내라! 그래서 부모를 구해 줘라!"

지혁이 엄마는 국회의원 후보가 선거 공약을 외치는 것처럼 마지막엔 두 팔을 번쩍 들어 올렸다. 현호 엄마는 사람들 눈길이 창피해 괜히 치약을 사는 척 몸을 돌렸지만, 마음속으로는 박수를 보냈다.

'괜찮은 아이디어네, 군대 보내듯이 애들을 몽땅 그런 데로 보내면 아이랑 부모 서로에게 좋을 것 같아……'

그런데 이상하게 현호 엄마 마음이 조금씩 불편해졌다. '남의 일이 아니에요. 우리 지혁이나 현호한테 언제 그런 일이 생길지 누가 알겠어요?' 라는 지혁이 엄마 말이 자꾸 가슴을 콕콕 찔러 댔다.

'왜 나는 한번도 우리 현호 마음에 대해서는 생각해 보지 않았을까? 그러다가 태수 엄마가 피눈물 쏟으며 슬퍼하는 거잖아. 우리 현호는 뭐든 정상, 정상! 정상이라고 믿는 근거가 뭐기에?'

현호 엄마는 두 손으로 카트를 꽉 부여잡았다.

집에 돌아온 현호 엄마는 현호 방으로 들어갔다.

엄마는 온몸에 힘이 없어졌다. 분명히 지혁이 엄마와 웃으면서 얘기했는데, 두 다리가 후들거려 일하기가 어려웠다. 아침에 이미 한바탕 청소를 해 준 방이다. 중학생이 된 기념으로 현호 이모가 사 준 축구공 그림이 그려진 침대 커버, 이불, 베개. 이외에도 엄마 아빠와 친척에게 받은 입학 선물로 가득한 아직은 신상의 기운 넘치는 방이다. 엄마는 방 안을 휘둘러보는 순간, 아차! 했다. 그동안 현호 방에 들어설 때마다 자신이 내뱉은 말이 떠올라서였다.

– 이게 뭐야? 방 안 꼴이!

– 이게 쓰레기장이지, 사람 사는 방이야?

– 어휴, 언제 아들 방 청소 좀 안 하고 편하게 살려나!

– 도대체 언제쯤 자기 방 정리를 자기가 하고 살 거야?

– 지겹다, 지겨워. 공부나 특출 나게 잘하면 청소할 맛이나 나지!

– 전교 일등 하는 애들 방도 이럴까?

– 전교 1퍼센트 안에만 들어도 날마다 행복한 마음으로 청소해 줄 텐데!

엄마는 힘없이 침대가에 앉았다.

책상이 바로 보였다. 책상 앞쪽 벽은 온통 현호가 써 붙인

글로 이중 도배한 듯 보였다.

- 서울대 못 가면 인생도 더 이상 못 가!
- 공부도 상위 1퍼센트! 인생도 상위 1퍼센트!
- 21세기 진짜 효자는 성적으로 말한다!
- 지금 성적이 미래 여친 수준을 정한다!
- 공부하지 않는 자, 먹지도 마라!
- 5년만 고생하면 95년은 황금빛 인생!
- 서울대 가면 모든 걸 용서받는 세상!

현호 글을 다 읽은 엄마는 책상 앞 초록색 등판 의자를 쳐다보았다. 현호의 뒷모습이 그려졌다.

구부정하게 굽은 등.

현호야…….

몇 번을 불러도 현호의 굽은 등은 펴지지 않는다.

엄마는 생각한다.

왜 나는 한번도 현호 마음을 생각해 보지 못했을까?

현호 마음도 저렇게 굽은 게 아닐까?

다시 부른다.

현호야…….

현호가 힘들게 등을 펴고 뒤돌아보려 한다.

잘 펴지지 않는지 힘들어한다.

엄마는 현호에게 다가가려고 한다.

이상하게 엄마는 한 발자국도 움직일 수 없다.

다시 부른다.

아들…… 아들…… 현호야…….

겨우 현호가 뒤돌아본다.

그러나 등은 펴지지 않는 채이다.

엄마…… 나 공부해야 돼요.

현호의 눈이 슬프다.

엄마가 놀라 묻는다.

아들, 괜찮은 거지? 네 마음은 괜찮은 거지?

너는 아무렇지 않은 거지?

너는 정상이지? 정상이지?

현호가 오른손을 왼쪽 가슴에 대고 말한다.

엄마, 내 마음에 구멍이 생긴 것 같아요.

우물 같기도 해요.

현호의 두 눈에서 눈물이 흐른다.

마치 마음의 우물에서 흘러나온 눈물 같다.

안 돼, 아들!

너는 그러면 안 돼!

너만은 그러면 안 돼!

세상 모든 아들의 가슴에 우물이 생겨도 너만은 안 돼!

엄마는 무릎 위에 얼굴을 묻었다.

현호야, 미안해⋯⋯.

아들, 네 마음도 엄마가 보살펴 줄게⋯⋯.

12

용감한
녀석

교실 안에서 떠도는 태수에 대한 말이 현호와 지혁이의 귓가를 괴롭혔다

　- 태수 그 자식, 좀 이상했어. 눈빛이 좀 사이코 스타일 아니었니?

　- 태수네 엄마 아빠 이혼했나? 그래서 충격 먹은 거 아닌가?

　- 태수가 갑자기 나타나서 흉기를 휘두르면 어떡하지? 누가 우릴 지켜 주냐고.

　- 태수랑 삼총사인 현호랑 지혁이는 태수를 떠날 건가? 그럼 배신인가?

　- 태수는 앞으로 정상적으로 살 수 있을까?

　- 태수 짝꿍이 누구지? 맞아, 정호잖아. 정호는 이제 죽음

이다, 죽음!

– 태수가 전학 갔으면 좋겠다!

아이들 말이 바늘처럼 귓가에 꽂힐 때마다 현호와 지혁이는 자리를 박차고 달려들려고 했다. 그러나 현호가 일어서면 지혁이가 말리고, 지혁이가 일어서면 현호가 붙잡곤 했다.

"우리가 이러면 태수한테 더 안 좋아."

"태수를 위해 참자."

"잘못하다간 태수가 전학 가게 될지 몰라."

"태수 이미지만 더 안 좋아지니까 우리가 참자."

담임은 침통한 얼굴로 아이들에게 부탁했다.

"태수는 열흘 정도 쉴 거다. 괜한 헛소문 퍼뜨리지 마라. 공감 유포 죄로 잡는다!"

그러자 아이들 몇이 일어나 반박했다.

"무서워서 그러는 거라고요. 우울증 걸린 애가 언제 어떻게 돌변할지 알아요?"

"우리의 안전과 공부를 방해받고 싶지 않아서 그래요."

"맞아요. 우리 인권은 우리가 지켜야죠."

담임은 가만히 아이들의 말을 다 듣고는 한참 동안 소리 내어 웃었다. 그러자 어떤 아이들은 손가락 하나를 들어 이마 옆에 대고 빙빙 돌렸다.

"담샘도 미쳤나 봐."

"태수가 전염시켰나?"

"우울증이 전염병이야?"

그러나 현호는 알 수 있었다. 담임의 웃음은 아이들에게 '시끄러, 이 자식들아! 헛소리하지 마!' 라는 외침이나 마찬가지라는걸.

아이들의 웅성거림이 점점 커졌다. 담임은 웃음을 멈추고는 손바닥으로 교탁을 세게 두드렸다.

"솔직히 우리 다 까놓고 말해 볼까? 자기 마음에 상처 하나 없는 사람 있으면 일어나 봐."

침묵이 길게 흘렀다.

"일어나라니까. 야단 안 쳐. 왜 그런 사람을 야단치겠니? 오히려 상을 주지. 교과부에 '이렇게 혼란하고 힘든 상황에서도 제 마음을 다치지 않고 학업에 매진하는 모범 우등생에게 상을 주십시오. 이왕이면 대통령상을 주십시오.' 라고 추천서를 보낼 거야. 우리 학교 교사 전체 추천 사인을 받아서 말이야. 어디 일어나 봐!"

현호와 지혁이는 '담샘, 팟팅!' 을 연거푸 외쳤다.

아이들의 침묵은 깨지지 않았다.

"왜 아무도 안 일어나지? 적어도 30퍼센트 이상은 발딱 일어날 줄 알았는데? 내가 착각했나? 잘 들어라. 나처럼 인생 산전수전, 공중전, 화학전, 핵전까지 다 거쳐서 심장이 다이 아몬드보다 철강석보다 더 단단해진 사람도 여차하면 우울 해져서 집에 가면 말도 잘 안 한다. 우리 집 애들한테 꽥 소 리도 지르고 말이야. 그런데 갓난아기 엉덩이마냥 심장이 야 들야들한 너희는 오죽하겠냐? 태수 일은 남의 일이 아니다. 언제 너희 심장, 즉 너희 마음이 다치고 깨져서 피가 흐르고 눈물을 쏟고 할지 모른다. 태수는 단지 너희보다 더 순진하 고, 더 여려서 그 증상이 밖으로 드러났을 뿐이다. 난 다 안 다! 다 보인다!"

담임은 아이들 얼굴 하나하나를 뚫어져라 쳐다보았다. 여 기저기 침을 삼키는 소리가 흘러나왔다. 몰래 지은 죄를 들 키지 않으려고 애쓰는 어린애처럼 고개를 숙이기도 했다.

"이종구!"

"네에!"

담임이 종구를 손으로 가리키며 부르자 종구는 거의 실신 할 정도로 놀라며 대답했다. 담임은 곧바로 다른 아이 이름 을 불렀다.

"차석진!"

"네에?"

석진이 역시 기겁을 하며 대답했다.

"이상호!"

"네, 네!"

상호도 쓰러지지 않은 게 다행이었다.

"이영남!"

"조기룡!"

"박봉서!"

"최현호!"

"김진호!"

"이수일!"

남임은 서른두 명의 아이들 이름을 모두 불렀다. 그러고
나서 짧게 덧붙여 말했다.

"난 다 안다! 너희 마음이 지금 어떤 상태인지. 그러니까
죄가 없는 사람만 돌을 던지라는 말처럼, 자기 마음에 상처
하나 없는 사람 있으면 그 사람만 태수에 대해 떠들어라! 알
았어?"

"네에……."

아이들은 담임의 마술에 걸린 듯 다시는 태수에 대한 이야
기를 꺼내지 않았다. 그보다도 태어나서 처음으로 자기 마음
을 들여다본 것 마냥 제법 심각한 표정을 지었다. 물론 점심

시간이 될 즈음부터는 모두 태엽이 빡빡하게 감긴 인형처럼 다시 활발하게 떠들고 날아다녔다. 현호와 지혁이는 담임에게 고마운 마음을 가졌다. 달려가서 '선생님, 그렇게 말씀해 주셔서 고맙습니다!' 라고 인사하고 싶을 정도였다. 그러나 두 친구는 수업을 마칠 때까지 서로 아무 말 나누지 않았다.

교실에서처럼 학원에 가는 버스 안에서도 현호는 말이 없었다. 태수 사건 뒤로 갑자기 현호가 다니는 학원으로 옮긴 지혁이 역시 예전의 명랑함이 사라졌다. 두 친구의 침묵이 아니더라도 언제부터인가 학원 버스 안은 침묵의 공간이 되었다. 모두 포로수용소에서 돌아온 전우를 만난 듯 두 손으로 휴대폰을 애지중지 감싸 쥐고 사랑을 나누기 때문이다.

현호와 지혁이는 휴대폰을 꺼내지 않았다. 두 친구는 약속이라도 한듯 창밖만 바라보았다. 그러다 보면 거리 어디에선가 태수를 볼 수 있을지도 모른다는 생각을 똑같이 하는 것이다. 태수가 가족과 제주도에 여행 간 줄 알면서도 두 친구는 막연한 기대감으로 눈을 떼지 못했다.

"어? 저기 좀 봐!"

버스가 횡단보도 앞에서 신호 대기를 하고 있을 때였다. 지혁이가 외마디 소리를 질렀다. 손가락으로 창밖 한곳을 가리켰다.

"왜? 태수야?"

통로 쪽에 앉은 현호가 몸을 창가로 바짝 들이댔다.

"그게 아니라, 저 술집 간판……."

지혁이가 잘못을 저지른 아이처럼 급히 손을 내리며 말소리를 죽였다.

"간판? 어떤 간판?

현호는 실망감에 화가 났지만, 한편 호기심에 이리저리 둘러보며 물었다.

"저기, 약국 옆에 신, 세, 한, 탄, 닭, 발, 호프."

"그게 뭐?"

"너무 칙칙하잖아. 술집 이름이 신세 한탄이라니. 부어라 마셔라, 취해 보자, 신 나는 술 세상, 뭐 이런 거면 몰라도."

지혁이는 마치 실수를 감추려는 사람처럼 들뜬 목소리로 말했다.

"매울 신 자잖아. 봐! 신세 한탄 아래에 한자로 매울 신 자를 크게 써 놨잖아. 매운 닭발을 안주로 파는 술집인가 봐."

"그렇네! 난 왜 못 봤지? 역시 너는 지니현호야."

지혁이는 양손 엄지손가락을 치켜들었다.

"됐어. 정말 속담은 다 맞는 것 같아."

"뭔 속담?"

"든 자리는 표 안 나도 난 자리는 표 난다는 속담 말이야."

"아하! 나도 알아. 초딩 때 산 속담 책에서 봤어. 그때 속담 백 개도 넘게 외웠는데."

지혁이는 으쓱한 얼굴로 말했다.

버스가 다시 움직였다.

"현호야, 우리 속담 놀이할까?"

"지혁아, 난 미치겠다. 너무 보고 싶어!"

현호가 지혁이와 키스라도 할 듯 얼굴을 들이밀며 말했다.

"으응? 으응, 나, 나도 그래."

더 이상 물러날 공간이 없는 지혁이는 눈을 반쯤 감고 말했다.

"그런데 속담 놀이라니? 넌 태수 걱정도 안 해? 저번에도 그러더니!"

현호는 얼굴을 떼지 않은 채 지혁이의 두 눈, 콧구멍, 입술, 양 볼로 뜨거운 김을 숙숙 불어 댔다.

"왜, 왜 그래? 너 나한테 뽀뽀하지 마. 그리고 나, 나도 태수 걱정 얼마나 많이 한다고! 사람마다 표현 방법이 달라서 그런 거야. 야, 비켜."

"뽀뽀? 내가 무슨 변태냐?"

그제야 현호는 몸을 돌렸다.

"우리, 태수 없이도 살 수 있을까?"

"살 수야 있지. 대신 아무런 재미도 없겠지."

지혁이는 두 손바닥으로 얼굴을 구석구석 닦으며 말했다. 마치 더러운 오물을 뒤집어쓴 사람처럼.

"난 못 살아! 만약 태수한테 무슨 일 생기면 나도 어떻게 될지 몰라."

"그건 나도 마찬가지야. 난 차라리 해적이 될 거야."

"지혁아, 우리 이번에 태수 돌아오면 셋이서 아예 해적 되러 가자."

"어디로?"

"소말리아 아덴 만으로! 거긴 해적이 많잖아."

"소말리아 아덴 만? 정말?"

지혁이는 즐거움으로 입이 함박 벌어졌다. 버스가 학원 앞에 도착하지 않았다면, 기사 대신 버스를 몰고 부산 앞바다로 달릴 기세였다.

"지니현호, 가자! 우리 소말리아로! 아덴 만으로!"

지혁이는 버스에서 내리며 농성 구호를 외치듯 오른팔을 흔들며 소리쳤다.

현호가 말렸다.

"우선 오늘은 학원부터 가자. 학원을 접수한다. 작전 개시, 침투!"

"접수한다. 침투!"

일요일 오후. 현호는 엄마에게 강제로 떠밀려서 아빠와 함께 목욕탕에 갔다. 엄마가 아빠에게 비밀 임무를 부여한 것이다.

"아들이랑 목욕하면서 속마음 좀 들어 봐요. 공부 때문에 대학 갈 때까지는 여행 같은 건 못 가니까 앞으로 목욕 여행이라도 주기적으로 하면서 아들 몸이랑 마음도 점검하라고요. 알았죠? 설렁설렁 놀다 오지 말고요!"

목욕탕에 들어온 아빠는 현호의 벗은 몸을 보는 순간 눈이 휘둥그레졌다.

"짜식, 이제 진짜 남자가 돼 가네."

"언제는 내가 가짜 남자였어요?"

"그건 아니지만 그전까지는 그냥 보이였지, 보이. B, O, Y, 뽀이!"

"그럼 아빠는요?"

"오십 다 돼 가는 나는 이젠 남자가 아니지. 그냥 피플이지, 피플! P, E, O, P, L, E! 피플, 삐쁠! 에이 플러스도 아닌 삐뽈!"

"그럼 아빠 말대로 하면 사람보다 우위에 있는 게 남자라는 거예요? 그건 너무 젊음이라는 생물학적 가치만을 우선 순위에 놓은 동물적인, 육체 우월주의식 가치 개념 아닌가요?"

"그런가?"

아빠는 머쓱한 상황을 모면하려는 듯 샤워기 앞으로 현호를 데리고 갔다. 뜨거운 물줄기가 심장을 파고드는 듯해 현호는 얼굴을 찡그렸다. 그러나 기분은 싫지 않았다. 태수 생각이 났다.

태수 마음속에 있는 커다란 빈 우물 안에 이렇게 뜨거운 물이 콸콸 흘러 들어가면 괜찮아질까?

현호는 몸을 돌려 물줄기에 등을 맡겼다.

이런 병원은 없을까? 마음에 뻥 하고 구멍이 생길 때마다 그 구멍, 그 우물 안에 더운 물을 가득 채워 주는 병원…….

현호는 다시 가슴팍을 물줄기 아래로 향했다.

태수야, 너는 우리보다 훨씬 네 삶에 정직한 건지도 몰라. 지혁이나 나나, 우리 반 아이들이나 모두 마음속 구멍이 없는 것처럼 감추고 사는 건지도 몰라. 그런데 너는 그렇게 감추고 살 만큼 위선적이지 않고, 교묘한 위장도 할 줄 몰라 지금 아픈 걸 거야. 그리고 외치는 거겠지. 내 마음에 우물이 생겼어요, 구멍이 생겼어요, 아파요, 살려 주세요. 살고 싶어요, 도와주세요, 도와주세요, 라고 말이야. 어떻게 보면 넌 정말 용감한 녀석이야! 용감한 녀석!

현호는 얼굴을 들었다. 물줄기가 얼굴 위로 쏟아져 흘렀다. 현호는 입 안을 거침없이 파고드는 물을 거부하지 않았다.

들어가라, 들어가라, 들어가라. 내 우물 속으로!

아빠와 등을 밀 때, 현호는 엄마가 목욕탕에 보낸 이유를 알아차렸다. 늘 대화에 어색한 아빠는 이번에도 서툴게 말을 꺼냈다.

"아이고, 때 봐라. 더러워라."

"금쪽 같은 아들 몸에서 나온 때인데 더러워요?"

"하늘 같은 부모 몸에서 나온 때도 더러운 건 더러운 거야."

"그래도 내 때는 안 더러워요."

"때가 안 더러우면 때가 아니지."

"그러니까 지금 내 몸에서 나오는 건 때가 아니라 삶의 부스러기거든요."

"뭐, 삶의 부스러기? 어이구야, 내가 완전 달라이 라마 아들 모시고 사네."

"당근이죠!"

174

"참, 태수랑 지혁이는 공부 잘하니?"

현호는 웃음을 터뜨렸다.

"아빠도 다 알잖아요? 그냥 '현호야, 너는 괜찮지? 너는 정상이지?' 라고 물으세요."

"그, 그런가? 그래, 너는 괜찮지?"

"아뇨!"

순간, 아빠의 두 손이 현호의 등 한가운데에 자석처럼 붙어 버렸다.

"그럼……"

아빠 목소리는 여기저기서 들려오는 물소리보다 작았다.

"내 마음에도 구멍이 생긴 것 같아요."

"구멍? 심장병 같은 거?"

현호는 또 웃었다.

"아빠, 순진한 척하시는 거예요? 아님 정말 순진하신 거예요?"

아빠는 대답 대신 다시 두 손을 움직였다.

"아빠가 일부러 그렇게 말한 것 다 알아요. 그냥 아빠 좀 놀린 거예요. 그런데 혹시 아빠도 나처럼 마음에 구멍이나 우물 같은 게 생긴 거 아니에요?"

"아빠가 그런 게 어딨겠냐? 아빠는 그냥 산다, 사는 거지

......"

아빠는 아들의 등 뒤에 있는 게 다행이라고 생각했다. 코 끝이 찡해져서였다. 아빠는 더욱 힘주어 현호의 등을 밀며 생각했다.

'내 마음이 우물이란다. 그냥 커다란 하나의 우물…… 그래도 젊었을 때에는 물이 찰랑거렸는데, 이제는 그 안에 흙 먼지만 있는 것 같아……'

그러면서 비식 웃었다.

'이거 원, 마누라가 내준 임무 완성은커녕 아들한테 들켜 버리겠네.'

그때, 현호가 얼굴을 쑥 돌렸다.

"아빠, 염려 마세요. 나 보세요. 얼굴 하나, 눈 두 개, 코 하나, 귀 두 개, 입 하나, 그리고 고추도 하나. 엉덩이 두 짝! 완전 정상이죠? 엄마한테 전하세요. 우리 아들 최현호는 특 에 이급 정상입니다, 라고요. 그러면 엄마가 아빠를 엄청 엄청 사랑해 주실 거예요! 이렇게."

현호는 입술을 모아 앞으로 쭈욱 내밀었다.

아빠가 웃으며 한 손으로 현호의 입술을 가볍게 두드렸다.

"짜식, 능글맞게. 알았다, 알았어."

그러자 현호가 소리를 질렀다.

"아빠! 읍! 더럽게 때수건으로!

"어이구야, 네 때 닦던 때수건이거든!"

"때는 때거든요!"

"네 때는 때가 아니라 삶의 부스러기라며?"

"아참! 그렇지……."

"우리 아들 완전 허당이네!"

"다 아빠 유전자 탓이거든요!"

현호와 아빠는 물을 튕기며 웃음소리로 목욕탕 안을 흔들었다. 현호는 아빠에게 다시 등을 맡겼다. 아빠의 두 손이 아까보다 더 단단해진 듯했다. 문득 담임 말이 떠올랐다.

'나처럼 인생 산전수전, 공중전, 화학전, 핵전까지 다 거쳐서 심장이 다이아몬드보다 철강석보다 더 단단해진 사람도 여차하면 우울해져서 집에 가면 말도 잘 안 한다. 우리 집 애들한테 꽥 소리도 지르고 말이야!'

현호는 아빠를 생각해 보았다.

왜 아빠는 한 번도 나한테 꽥꽥 소리를 지르지 않을까? 왜 집에 오면 늘 엄마의 비위를 맞추느라 애쓸까? 아직 우리 담임이 치른 전쟁 중 안 겪은 게 있어서일까? 공중전? 화학전? 핵전?

177

13

회색 터널 끝 한줄기 빛

현호는 잠이 오지 않았다.

내일 토요일, 태수를 만난다. 세 친구기 한 자리에 모이지 못한 게 벌써 열흘째이다. 열흘은 세 친구에게 비극의 또 다른 이름이기도 하다.

현호는 갖가지 생각에 어둠 속에서 뒤척였다.

얼굴이 변했을까? 마음이 변하면 얼굴도 변한다잖아. 나랑 지혁이를 예전처럼 대할까? 우리를 보고 아무 말도 안 하고, 웃지도 않으면 어떡하지? 밥은 먹을까? 눈빛이 이상한 건 아닐까? 소리를 지르거나 물건을 막 던지는 건 아닐까? 울면서 우리보고 가라고 소리치지는 않을까?

현호는 괴로웠다.

태수에 대해 생각한다는 게 고작 이런 거란 말인가? 태수가 무슨 괴물이야? 내가 왜 이러지?

현호는 정작 자신이 괴물처럼 여겨졌다. 그러면서도 생각은 자꾸 회색빛 터널 속에서 헤어나지 못했다.

그래, 티라노사우루스, 공룡, 화석. 어쩌면 태수의 머리와 심장은 화석화되었는지 몰라. 어떤 지층에 완전 갇히고 눌려서 죽었지만 살아 있는 듯, 살아 있지만 죽은 듯한 상태인지도 몰라.

그러면서도 현호는 태수를 만날 수 있다는 기쁨에 회색 터널 끝에서 한줄기 빛이 보이는 듯했다.

만나면 무슨 말부터 할까? 여자애들처럼 선물을 줘야 하나? 영국에서 나온 공룡 대백과 사진첩을 줄까? 그래, 그걸 주자.

현호는 궁리했다.

책에다가 뭐라고 적어서 줄까? 사랑하는 태수에게? 그건 완전 가식이야. 우리의 영원한 우정을 위해? 그건 완전 아저씨 같잖아. 그럼, 그냥 태수, 내 친구 만세? 그래, 그게 낫겠다. 손발이 오글거리지도 않고 촌스럽지도 않잖아.

현호는 침대에서 후다닥 튀어나와 불을 켰다. 책꽂이에서 책을 꺼내 앞장을 펼쳤다. 제일 굵은 볼펜으로 '태수, 내 친구'라고 적으려던 현호는 머리를 갸웃하더니 이내 쓰기 시작했다.

'태수! 현호와 지혁이의 친구, 만세! TKFKDGO!'

'TKFKDGO'는 컴퓨터 자판을 영문으로 해 놓고 '사랑해'를 친 것이다. 그러니까 TKFKDGO를 한글로 그대로 바꾸면 '사랑해'가 되는 것이다. 세 친구가 가끔씩 주고 받는 암호이기도 하다.

현호는 한동안 자기 글을 바라보더니 책장을 덮었다. 그리고 모든 준비가 다 된 듯 안심하며 침대로 올라갔다.

"우산 갖고 가야 한다."

커다란 책을 쇼핑백에 담아 들고 거실로 가는 현호 등 뒤에 엄마의 낮은 목소리가 흘렀다.

"비 와요?"

"그래, 비다, 비."

"엄마, 오늘 왜 그러세요?"

"됐고, 빨리 들어와. 오후부터 새 수학 과외 있는 거 알지?"

"그럼 정말 박 마담, 아니 박 샘이 안 가르치시는 거예요?"

"몇 번을 말해야 하니? 지금 손해가 이만저만이 아니야. 급하게 유능한 새 선생 구해서 팀 짜느라 돈이 더 들어가게 생겼어."

엄마 목소리에 짜증이 그득했다.

"엄마, 내가 우울증 안 걸린 걸 다행으로 생각하면 그깟 돈이 문제예요?"

"그깟 돈? 헐! 헐! 헐! 그래, 네 아빠 재벌인가 보다. 어서 가. 네가 정상인 걸 다행으로 여기마."

"엄마, 태수도 정상이에요."

"그렇게 무조건 감싸는 건 비정상이야. 문제를, 현실을 똑바로 보고 대처하는 게 정상이거든."

"알았어요, 알았어. 우리 엄마, 최고예요, 최고! 그럼 정상 아들은 외출하겠나이다. 정상 어마마마는 궁전을 잘 지키고 계시옵소서!"

현호는 1분이라도 빨리 태수를 보고 싶은 마음에 말다툼을 그만두었다.

"빨리 와!"

엄마의 날카로운 말 비수가 아슬아슬하게 현호의 귓가를 스치고 지나갔다.

꽝!

현호는 엄마에게 항변하는 마음의 소리를 담아 문을 힘껏 닫았다. 그런데도 엄마의 두 번째 말 비수는 두꺼운 철문을 뚫고 나왔다.

"빨리 오라니까!"

14

본 어게인
태수

현호와 지혁이는 깜짝 놀랐다. 현관문만 빼놓고 모든 게 바뀐 듯해서 마치 새로 이사 온 집 같았다.

"도배를 다시 해서 그렇단다."

두 아이가 선뜻 안으로 들어서지 못하자 태수 엄마가 슬며시 웃으며 말했다.

"태수는요?"

현호는 초인종을 누르자마자 태수가 '반갑다, 내 친구들아!' 하고 달려 나올 줄 알았는데 어디에도 태수의 모습은 보이지 않았다.

"일단 앉아라."

태수 엄마는 거실 탁자를 하늘색 천으로 덮고는 그 위에 근사한 점심을 차렸다.

"태수, 집에 있어요?"

지혁이가 주먹만 한 갈비찜을 쳐다본 채 물었다.

"그럼, 너희한테 서프라이즈 환영식 해 준다고 제 방에서 준비하고 있어. 제주도에서 오자마자 내내 준비하더라."

"와, 이거 다 아줌마 혼자 만드신 거예요?"

"그럼! 모든 일은 맛있게 잘 먹어야 잘 이루어지는 거거든. 배고프면 먼저 먹어라."

"진짜요? 대박!"

지혁이는 성큼 젓가락을 잡았다. 그러나 현호가 재빨리 지혁이 손목을 잡았다.

"왜?"

"태수가 우리를 위해 서프라이즈 환영식을 준비했다잖아. 원래는 우리가 했어야 하는 거 아닌가? 그러니까 답례로 먹는 걸 참자고. 이따가 같이 먹자."

"어머나, 현호는 영국 신사 같네."

태수 엄마가 환히 웃으며 주방으로 갔다.

"알았다, 지니현호! 하지만 내 마음 알지? 나도 진짜 진짜로 태수를 환영한다는 거?"

"당근!"

잠시 침묵이 흘렀다.

186

두 친구는 태수의 방문을 바라보았다. 아무 때고 벌컥벌컥 열던 친구의 방문인데, 오늘은 조심스레 지켜보아야만 하니 마음이 무거웠다.

"현호야, 이렇게 가만있으려니까 태수 방문이 마법사의 방문 같다."

"나도 그런 생각했어."

현호는 닫힌 방문이 《해리 포터와 마법사의 돌》에 나오는 호그와트 마법 학교로 가는 출입구처럼 느껴졌다. 해리포터가 이모의 구박을 피해 호그와트로 가기로 결심하고, 런던 킹스크로스 기차역에 숨겨져 있던 비밀 승강장을 통해 마법 세상으로 가는 그 통로.

그리고 어릴 때 읽은 《나니아 연대기 : 사자, 마녀 그리고 옷장》에 나온 통로도 떠올랐다. 피터, 수잔, 에드먼트, 루시, 사 남매는 독일 군의 공격으로 시골로 피난을 가고, 그곳 어느 박사의 집에서 숨바꼭질을 하다가 신기한 옷장을 발견하면서 시작되는 이야기의 그 문.

또 하나는 영화 〈아바타〉에 나오는 문이다. 주인공인 제이크는 링크라는 첨단 시스템을 통해 외계 행성 판도라의 나비 족이 된다. 링크는 다리가 불편한 제이크를 다른 세상으로 데려가는 문이다. 제이크는 그곳에서 자유롭게 걸을 수 있고, 빠르게 달리는 것은 물론 웬만한 거리는 훌쩍 날 수 있는 존재로 변한다.

현호는 자기가 알고 있는 문들을 떠올리며 잠시 상상의 세계로 빠져들었다.

"현호야, 뭐 해?"

지혁이가 팔꿈치로 툭 치지 않았다면, 현호는 자신이 비밀 승강장이나 옷장, 또는 링크를 통해 어디론가 떠돌며 소풍을 즐기고 있을 거라는 듯 아쉬운 얼굴을 했다.

"그냥……."

그때 태수의 방문이 빠끔 열렸다.

그러나 태수 얼굴은 보이지 않았다.

태수 엄마도 긴장한 표정으로 주방 쪽에서 고개를 내밀었다.

"괜찮아! 괜찮아! 괜찮아!"

유쾌한 성격의 지혁이가 손뼉을 치며 랩 하듯 말했다.

"괜찮아! 괜찮아! 괜찮아!"

현호도 따라했다.

방문이 조금 더 열렸지만 태수의 발가락도 보이지 않았다.

"괜찮아! 괜찮아! 괜찮아!"

이번엔 태수 엄마까지 옆에 서서 손뼉을 치며 아들을 불러

냈다.

방문은 더 이상 열리지 않았다.

"현호야!"

지혁이가 현호에게 눈짓을 했다.

"알았어."

두 친구는 벌떡 일어났다. 태수 엄마는 멍하니 지켜보았다. 얼굴에 흐르는 초조함이 목 아래까지 내려오는 듯했다. 현호와 지혁이는 조심스레 태수의 방문 앞으로 갔다. 지혁이가 나시 천효에게 눈짓을 보냈다. 현호가 문손잡이를 잡고 천천히 열었다.

"태수야!"

두 친구는 희미한 밝음 속에 서 있는 태수를 보며 외마디 함성을 질렀다. 태수는 수줍은 아이처럼 빙그레 웃었다. 두 손에는 스케치북 한 권이 들려 있었다.

"나와, 태수야."

"밥 먹자, 태수야."

태수는 신랑 손에 이끌려 결혼식장으로 가는 신부처럼 배시시 웃으며 제 방에서 한 걸음 한 걸음 나왔다.

"제주도에서 내내 너희 보고 싶다는 말만 했단다."

태수 엄마는 손등으로 눈물을 훔쳤다. 현호는 태수를 제

옆에 앉혔다. 지혁이가 마주 앉았다. 태수 엄마는 급하게 국
을 담아 왔다.

"얌마, 멜코태수, 보고 싶었다. 사랑해, 태수야!"

지혁이가 두 팔을 들어 올려 하트 모양을 그리며 웃었다.

"나도……"

태수는 수줍은 웃음으로 응답했다.

"그런데 이게 뭐야? 서프라이즈 환영식 한다면서?"

현호가 그림을 가리켰다.

"선물."

태수는 선물이라고 말하면서도 스케치북을 열지 않았다.

"선물은 줘야 선물이지. 줘 봐. 줘 봐."

지혁이가 아기처럼 몸을 움직거리며 말했다. 그제야 태수
는 두 눈을 질끈 감더니 스케치북을 내밀었다. 지혁이가 재
빨리 현호 옆으로 와서 앉았다.

"두두두두두두…… 지금부터 서프라이즈 환영식을 시작
합니다! 두두두두두두…… 스케치북을 여세요!"

지혁이의 신호에 따라 현호가 스케치북의 겉장을 열었다.

"와!"

"세상에!"

"대단해, 대단해! 대박!"

두 친구와 태수 엄마는 눈을 크게 뜨며 놀라워했다. 세 마리의 공룡 그림을 오려 붙인 다음 공룡 머리에 현호와 지혁, 그리고 자신의 얼굴을 세밀화처럼 그린 것이었다.

"너 이런 재주가 있었니? 난 네가 뭐든 날로 먹는 애인 줄 알았는데? 대단하다, 대박이야, 대박!"

지혁이가 오른손 엄지를 치켜들었다.

"공룡 브라더스 만세!"

현호가 스케치북에 쓰인 글을 읽었다. 세 친구는 공룡 브라더스 만세를 삼창하고는 식사를 했다.

"우리 태수는 일주일에 한 번씩 병원에 갈 거야. 이제 다 나은 거나 마찬가지란다. 앞으로 6개월 정도 집중 치료받으면 괜찮아진대. 우리 이민까지 생각했거든. 혹시라도 너희가 안 올까 봐 걱정했는데, 이렇게 와 줘서 고맙구나."

태수 엄마는 아이들에게 갈비를 발라 주며 말했다.

"참 월요일부터 학교에도 갈 거야. 그렇지 태수야?"

태수는 착한 아이처럼 고개를 끄덕이며 우적우적 고기를 씹었다. 현호는 태수가 한 마리 순한 양처럼 보이는 게, 그리고 얼굴에서 우울한 기운이 사라진 게 약물의 힘인가, 하는 생각에 고기 맛이 쓴 약처럼 느껴졌다. 그래서 몇 번 씹지 못하고 고깃덩이를 꿀꺽 삼켜 버렸다. 현호의 이런 마음을 아는 양 태수 엄마가 현호 숟가락 위에 굴비 한 점을 올려놓으며 말했다.

"애들아, 태수한테 최고의 약은 친구들이랑 즐겁게 얘기하는 거래. 태수 옆에 너희가 있는 게 얼마나 감사한지……"

태수 엄마는 눈물을 참기 어려운지 주방으로 급히 갔다. 그리고 괜스레 물을 틀어 그릇을 씻었다.

식사를 마친 세 친구는 태수의 방으로 들어갔다.

"와, 이게 도배의 힘이구나. 완전 새 집 같다. 어? 침대랑 책상이랑 다 바뀐 것 같은데?"

지혁이가 어른처럼 물건을 하나하나 만지며 말했다.

"응. 우리 이모가 건강해지라고 싹 바꿔 줬어."

"이모? 대한민국 이모는 모두 대단해. 조카 사랑은 모성애처럼 거의 본능적인 건가 봐. 우리 이모도 나라면 자다가도 달려온다니까. '현호야, 뭔데? 현호야, 왜? 현호야, 뭐 사 줄까? 현호야, 괜찮아? 현호야, 뭐 먹고 싶은 거 없어?' 이모가 이럴 때마다 사실 제일 좋아하는 건 나보다 우리 엄마지."

"우리 엄마도!"

지혁이가 손가락 하나를 제 가슴에 대며 말했다.

"우리 엄마도!"

태수가 따라했다.

현호는 그 모습이 싫었다.

'태수는 태수다운 게 좋은데…… 마음의 병이 나아지면 그렇게 될까?'

세 친구는 침대가에 등을 대고 나란히 앉았다. 가운데에 앉은 태수는 누가 말을 걸기 전에는 먼저 하지 않았다. 현호가 공룡 책을, 지혁이가 새로 나온 뉴욕 양키즈 야구 모자를 건네줄 때에도 웃기만 했다.

"마음에 들어?"

지혁이가 묻자, 태수는 그제야 "정말 좋아!"라며 엄지손가락을 들었다.

"애들아, 우리 태수의 환영을 기념하는 의미에서 태수 별명을 바꾸자."

"뭐라고?"

지혁이와 태수가 함께 물었다.

"조이태수. 어때?"

"그게 무슨 뜻이지?"

지혁이 물었다.

"J, O, Y, JOY. 환희, 기쁨이란 뜻이잖아. 그래서 베토벤 교향곡 9번인 〈환희의 송가〉도 영어로 하면 〈Ode to Joy〉잖아."

"괜찮은데…… 지니현호가 알아서 잘 지었겠지. 태수야,

어때? 내 생각에도 멜코태수보다 백배는 좋은 것 같아. 멜코는 뭔지 느낌이 멜컹멜컹해. 그런데 조이태수는 느낌이 조이조이 쪼이쪼이? 개그맨의 쪼쪼춤이 생각나면서 재밌는데! 난 무조건 찬성!"

지혁이가 박수를 쳤다.

"오케이, 통과!"

태수도 손뼉을 치며 말했다.

"그럼 스맨지혁, 네가 조이태수를 위해 해적 얘기 좀 해 줘."

현호의 말에 태수의 눈빛이 순간, 반짝했다. 현호는 그것을 놓치지 않고 똑똑히 보았다. 현호는 지혁이에게 눈을 찡긋해 보이며 다시 부탁했다.

"신 나는 해적 얘기해 줘라."

"좋아! 까짓것 친구를 위해 뭘 못하랴! 에헴!"

한바탕 헛기침을 한 지혁은 눈을 감고 이야기를 시작했다. 현호와 태수는 서로 머리를 비스듬히 대고 귀를 열었다.

"수정처럼 맑고 투명한 카리브 해에 잘생기고 용감한 캡틴 잭 스패로우가 있었지. 잭 스패로우는 원래 해적이었지만, 해적질을 그만두고 평범하게 살고 있었어. 그런데 어느 날, 사악한 해적 캡틴 바르보사가 잭 스패로우의 해적선인 블랙펄 호를 훔치고, 총독의 아름다운 딸 엘리자베스 스완을 납

치해 갔지. 그래서 엘리자베스의 친구인 윌 터너와 잭 스패로우는 손을 잡고, 영국 함대 중에서도 가장 빠른 인터셉터 호를 지휘하여 엘리자베스도 구하고 블랙펄 호도 되찾으려는 작전을 감행했어."

지혁이는 서른 번도 더 본 영화의 줄거리를 읊조리고 있었다. 두 친구는 영화의 내용을 다 알면서도 가만히 듣고 있었다.

에필로그

"우리 나가자!"

현호가 지혁이의 영화 이야기를 자르며 일어섰다.

"어디 가려고?"

두 친구가 동시에 물었다.

"지금 너희 질문이 틀렸어. '어디 가려고?' 가 아니라, '뭐 하게?' 라고 물어야 돼."

"그래? 그럼 뭐 하게?"

지혁이 머리를 긁적이며 물었다.

"우리 해적 되러 가자. 너 저번에 그랬잖아. 소말리아 아덴 만으로 가자구!"

"정말? 그럼 배 탈 돈이 있어야 하는데?"

"배 타려면 부산까지 가야 되잖아. 너 돈 있어?"

드디어 태수가 먼저 말했다.

"아가들아, 지금 돈이 문제냐? 일단 가는 거야."

현호는 친구들 가운데에 서서 두 아이의 어깨 위에 두 팔을 걸쳤다.

"가자! 일단 이 방에서 나가자. 도배 냄새 때문에 머리 아프다."

"그건 나도 그래."

지혁이가 선선히 응했다.

"그런데 지니현호, 가방이랑 옷이랑 먹을 거랑 컴퓨터랑 필요하지 않을까? 준비 좀 하고 가자."

태수는 말문이 트인 아이처럼 말하며, 현호의 팔에서 빠져나왔다. 그리고 얼른 제 백팩 가방을 열었다.

"노우, 노, 노, 노! 다 필요 없어. 그냥 가는 거야. 일단 우리 셋이 함께 밖으로 나가서 당당하게 걷는 것만으로도 준비를 반 이상 한 거야!"

"좋아, 그럼 우리 구호 외치고 나가자."

"멜코, 아니 조이태수!"

"조이태수!"

지혁의 선창에 따라 현호와 태수가 오른팔을 들어 힘껏 외쳤다.

"스맨지혁!"

"스맨지혁!"

거실에서 초조하게 아이들의 말소리를 엿듣던 태수 엄마 얼굴에 서서히 웃음기가 감돌았다.

"지니현호!"

"지니현호!"

세 친구는 서로의 오른손을 모았다.

"포에버! 나가자!"

"또에비! ㅣ가자!"

"애들아, 우산 갖고 가야지. 감기 걸려!"

태수 엄마가 우산 세 개를 들고 엘리베이터 앞까지 따라왔지만, 세 아이는 웃으면서도 냉정하게 닫힘 버튼을 눌렀다.

오전보다 조금 더 굵은 빗줄기였다.

아파트 현관 앞에서 세 친구는 잠시 주춤했다.

"그냥 가?"

지혁이 물었다.

"가자!"

태수가 아이처럼 졸랐다.

"당근이지! 가자!"

현호가 먼저 앞발을 내디뎠다.

"가자!"

세 친구는 더 거세지는 빗속으로 두려움 없이 뛰어들었다. 운동화 속으로 목덜미를 타고 등줄기로 그리고 머리카락 속으로 거침없이 파고드는 서늘한 기운의 빗물은 세 친구의 뜀박질을 멈추게 하지 못했다. 오히려 세 아이의 다리를 힘차게 만들었다.

"가자!"

어른들이여,
당신들의 열다섯은
얼마나 찬란했는가?

어느 날, 이런 뉴스를 읽게 되었습니다.

"흔히 청소년기를 매서운 바람과 성난 파도가 몰아치는 '질풍노도의 시기'라 하지만 그 중심에 중학교 2학년이 있다. 그래서 심신이 유독 심하게 아프다. 자아 형성이 이뤄지는 불안한 격동기의 홍역을 치러 내기가 쉽지 않다. 인터넷에는 허세, 소외감, 자기 망상 등으로 특징지어지는 '중2병' 자가 진단 항목까지 나돌 정도다. 학교에서는 '문제 학년'이라 해서 특별 관리한다. 학교 폭력 문제가 대두되자 교육 당국이 중학교 2학년부터 복수 담임제를 우선 시행하겠다고 한 데는 다 이유가 있다. 프랑스 소설가 장 콕토의 문제작 《앙팡 테리블(무서운 아이들)》에서 자기 세계에 빠져 반사회

적 행동을 일삼는 주인공 폴의 나이가 14세(우리 나이 15세)라는 점을 기억하자. - 한국일보"

그런데 유교 전통의 우리에게 열다섯 살의 의미가 원래 이런 것이었을까요? 아이들이 배우고, 외우고, 시험 보고 하는 항목 중 하나인, 공자의 《논어》 안에 있는 '위정편'을 볼까요. 그 책에는 공자가 나름대로 자신의 경험을 바탕으로 정리한 일종의 인격 발달 과정에 대한 말이 나옵니다. 간단하게 정리하면 '나는 나이 열다섯에 학문에 뜻을 두었고, 서른에 뜻이 확고하게 섰으며, 마흔에는 미혹되지 않았고, 쉰에는 하늘의 명을 깨달아 알게 되었으며, 예순에는 남의 말을 듣기만 하면 곧 그 이치를 깨달아 이해하게 되었고, 일흔이 되어서는 무엇이든 하고 싶은 대로 하여도 법도에 어긋나지 않았다.' 이런 거지요.

여기서 특히 열다섯에 학문에 뜻을 두었다고 한 데서 15세를 지학(志學)이라고 말하기도 합니다. 물론 시대 차이가 있지만, 우리 아이들은 거의 5세 아니, 3세만 되면 '지학'의 세계로 입문하지 않는지요. 그리고 그 지학의 세계가 공자가 뜻하는 모습이 아닌 성공과 출세, 일등과 명성을 위한 양태가 아닌지요.

이러다 보니 지금 우리의 청소년들은 -나무로 비유하자 면- 제 삶의 뿌리도 내리기 전에 지쳐 버리고, 제 인생의 줄 기를 뻗기도 전에 아래로 처지며, 제 미래의 잎을 내기도 전 에 말라 버리고, 제 꿈의 꽃봉오리를 열기도 전에 시들어 가 는 듯 비틀거리고 있습니다. 그러다 보니 아이들의 마음이 아픕니다. 아이들의 가슴에서 눈물이 흐릅니다. 아이들의 눈 에서 빛이 사라지는 듯합니다.

배가 고파서가 아닙니다. 배는 이미 너무 든든합니다. 마 음이 가난해서입니다. 가슴이 텅 비어서입니다. 어른들은 이 런 아이들에게 말하지요. '도대체 이유가 뭐야? 배가 불렀 지, 불렀어. 나는 너만 했을 때에 밥 세끼 먹고, 학교 갈 수 있는 것으로도 행복했다고! 그리고 과외나 학원은 아무나 하 는 줄 알아? 있는 집 애들이나 하는 특별 공부였어! 어서 학 원 가!' 그런데 아이들은 어른들에게 이렇게 묻고 싶답니다. '어른들은 지금 내 나이만 했을 때에 가슴이, 마음이 없었습 니까? 그저 배만 있었습니까?'

우리 아이들의 마음이 아주 특별한 이유 때문으로만 아픈 것은 아닙니다. 어쩌면 어른들이 보기에 '같잖은' 일로 울 고, 괴로워하고, 불면의 날을 보내고, 밥을 먹지 못하기도 합

니다. 그러기에 인생의 또 하나의 과정을 넘어서는 통과 의
례일지도 모릅니다. 우리 아이들이 어떤 이유로든 마음이 아
파 힘들어할 때에 우리, 어른들은 아무 조건 없이 아이들의
손을 잡아 줄 수 있는지요?

우리 어른들의 그 먼 과거, 우리들의 열다섯의 삶, 열다섯
시절의 웃음과 눈물, 열다섯 시간 속의 좌절과 희망들이 어
떠했는지 기억하면서 말입니다.

2012년 여름날 일산 흰돌마을에서

노경실

열다섯, 문을 여는 시간

초판 1쇄 2012년 8월 20일
초판 6쇄 2014년 8월 25일

지은이 노경실

책임 편집 신정선
편집장 윤정현
편집 주간 하지혜
마케팅 강백산, 이은영
디자인 공중정원 박진범

펴낸이 이재일
펴낸곳 토토북
주소 121-210 서울시 마포구 서교동 380-6 원오빌딩 3층
전화 02-332-6255 | **팩스** 02-332-6286
홈페이지 www.totobook.com **전자우편** totobook@korea.com
출판등록 2002년 5월 30일 제10-2394호
ISBN 978-89-6496-081-3 43810

＊탐은 토토북의 청소년 출판 전문 브랜드입니다.